伊索寓言

【古希腊】伊索　著
师鲁贝尔　编译

四川教育出版社

Contents

·目录·

扫码听故事

伊索寓言

hóu zi hé yú fū men
猴子和渔夫们

hóu zi zài shù shàng guān chá yú fū men sā wǎng xiǎng mó fǎng yú fū men de
猴子在树上观察渔夫们撒网，想模仿渔夫们的
jǔ dòng dāng yú fū men lí kāi hòu hóu zi tiào xià shù cháng shì sā wǎng què
举动。当渔夫们离开后，猴子跳下树尝试撒网，却
bǎ zì jǐ kùn zài wǎng zhōng hóu zi gǎn tàn zì jǐ yìng yào chěng néng què bù zhī
把自己困在网中。猴子感叹自己硬要逞能，却不知
dào rú hé bǔ yú
道如何捕鱼。

fù wēng hé pí jiàng
富翁和皮匠

fù wēng yǔ pí jiàng shì lín jū yīn wú fǎ rěn shòu pí jiàng de chòu wèi
富翁与皮匠是邻居。因无法忍受皮匠的臭味，
fù wēng quàn pí jiàng bān zǒu pí jiàng dā ying bān zǒu dàn yí zài tuō yán méi bān
富翁劝皮匠搬走。皮匠答应搬走，但一再拖延没搬。

zuì hòu fù wēng xí guàn le chòu wèi bú zài cuī cù pí jiàng bān zǒu le
最后，富翁习惯了臭味，不再催促皮匠搬走了。

fù wēng hé kū líng zhě
富翁和哭灵者

fù wēng yǒu liǎng gè nǚ ér qí zhōng yí gè sǐ le tā gù rén wèi tā
富翁有两个女儿，其中一个死了，他雇人为她
kū líng lìng yí gè nǚ ér shuō wǒ men zhè me shāng xīn què kū bù chū lái
哭灵。另一个女儿说：“我们这么伤心却哭不出来，
zhè xiē gēn wǒ men jiā bù xiāng guān de rén què kū de zhè me dà shēng mā ma gào
这些跟我们家不相关的人却哭得这么大声。”妈妈告
su tā shuō bié qí guài wǒ de hái zi tā men kū bú shì méi yǒu huí bào
诉她说：“别奇怪，我的孩子。他们哭不是没有回报
de tā men shì wèi le qián
的，他们是为了钱。”

mù yáng rén hé yáng
牧羊人和羊

yí gè mù yáng rén zài xiǎo shù lín lǐ fàng yáng tā fā xiàn le yì kē xiàng shù yú shì jiāng pī fēng diàn zài dì shàng pá dào shù shàng yáo xiàng zi yáo zhe yáo zhe tā què fā xiàn yáo dào dì shàng de xiàng zi hé pī fēng dōu bèi yáng chī le yú shì dà mà yáng wéi shén me nǐ men kěn gòng xiàn yáng máo gěi tā rén zuò pī fēng què chī le sì yǎng nǐ men de rén de pī fēng

一个牧羊人在小树林里放羊。他发现了一棵橡树，于是将披风垫在地上，爬到树上摇橡子。摇着摇着，他却发现摇到地上的橡子和披风都被羊吃了，于是大骂羊：“为什么你们肯贡献羊毛给他人做披风，却吃了饲养你们的人的披风？”

shí liu shù píng guǒ shù hé lǐ shù
石榴树、苹果树和李树

shí liu shù yǔ píng guǒ shù zhèng zài jī liè de zhēng lùn tā men zhōng shuí de guǒ

石榴树与苹果树正在激烈地争论它们中谁的果

shí gèng hǎo chī páng biān de lǐ shù jiàn zhuàng quàn tā men bú yào zài zhēng le
实更好吃。旁边的李树见状，劝它们不要再争了，
yīn wèi tā men dōu yǒu gè zì de cháng chù
因为它们都有各自的长处。

láng hé bái lù
狼和白鹭

láng de hóu lóng lǐ qiǎ le yì gēn gǔ tou tā sì chù qiú zhù láng duì
狼的喉咙里卡了一根骨头，它四处求助。狼对
bái lù shuō rú guǒ bái lù néng bāng tā bǎ gǔ tou qǔ chū lái tā jiù gěi bái lù
白鹭说如果白鹭能帮它把骨头取出来，它就给白鹭
bào chou bái lù qǔ chū gǔ tou hòu xiàng láng suǒ qǔ bào chou dàn shì láng jù jué
报酬。白鹭取出骨头后向狼索取报酬，但是狼拒绝
le bìng qiě hái shuō bái lù néng cóng tā de zuǐ lǐ ān quán táo shēng yǐ jīng shì zuì
了，并且还说白鹭能从它的嘴里安全逃生已经是最
hǎo de bào chou le
好的报酬了。

sā huǎng qǔ lè de mù rén
撒谎取乐的牧人

yǒu gè mù rén wèi le xiāo qiǎn cháng cháng sā huǎng shuō láng zhèng zài zhuī tā de
有个牧人为了消遣，常常撒谎说狼正在追他的
yáng hǎn nóng fū men lái bāng zhù tā qǐ chū nóng fū men yǐ wéi shì zhēn de
羊，喊农夫们来帮助他。起初，农夫们以为是真的，
yì tīng dào tā de hǎn jiào jiù gǎn jǐn guò lái bāng máng dàn tā men yì lái jiù fā
一听到他的喊叫就赶紧过来帮忙。但他们一来就发
xiàn zì jǐ bèi piàn le huí qù hòu hái bèi bié rén cháo xiào yǒu yì tiān láng
现自己被骗了，回去后还被别人嘲笑。有一天，狼
zhēn de lái le mù rén yòu qù zhǎo nóng fū men bāng máng kě shì yóu yú tā yǐ
真的来了，牧人又去找农夫们帮忙，可是由于他以
qián zǒng sā huǎng dà jiā dōu bú xìn tā le yú shì tā de yáng quán bèi láng
前总撒谎，大家都不信他了。于是，他的羊全被狼
zhuā zǒu le
抓走了。

hé pàn de hú li
河畔的狐狸

hé pàn yǒu yì qún hú li tā men bèi
河畔有一群狐狸，它们被
tuān jí de shuǐ liú xià de bù gǎn dào hé lǐ hē
湍急的水流吓得不敢到河里喝
shuǐ yì zhī hú li cháo xiào tā men bìng dà dǎn
水。一只狐狸嘲笑它们并大胆
de yuè jìn hé zhōng jié guǒ bèi shuǐ liú chōng
地跃进河中，结果被水流冲
zǒu le
走了。

pī zhe shī zi pí de lǘ zi
披着狮子皮的驴子

lǘ zi zài shēn shàng pī le yì zhāng shī zi
驴子在身上披了一张狮子

pí sì chù xià hu qí tā dòng wù lǘ zi xiǎng xià hu hú li hú li tīng
皮，四处吓唬其他动物。驴子想吓唬狐狸。狐狸听

dào lǘ de jiào shēng hòu duì tā shuō dào yào bú shì tīng jiàn nǐ de jiào shēng wǒ
到驴的叫声后对它说道：“要不是听见你的叫声，我

kěn dìng yě bèi nǐ xià huài le
肯定也被你吓坏了。”

yǎn shǔ
鼹鼠

yǒu yì tiān yì zhī xiā le de yǎn shǔ shuō zì jǐ kě yǐ kàn dào dōng xi
有一天，一只瞎了的鼹鼠说自己可以看到东西

le kě shì tā de mā ma bù xiāng xìn jiù dì gěi tā yí kuài xiāng pēn pēn de
了。可是它的妈妈不相信，就递给它一块香喷喷的

shí wù yǎn shǔ shuō nà shì yí kuài xiǎo shí tou mā ma duì tā shuō tā bú
食物。鼹鼠说那是一块小石头。妈妈对它说，它不

dàn méi yǒu huī fù shì lì ér qiě lián bí zi yě bù néng zhèng cháng gōng zuò le
但没有恢复视力，而且连鼻子也不能正常工作了。

wū guī hé tù zi
乌龟和兔子

yì zhī wū guī yǔ yì zhī tù zi jiù tā men shuí de sù dù gèng kuài jìn xíng
一只乌龟与一只兔子就它们谁的速度更快进行
zhēng lùn tā men gè zhí yì cí zuì hòu jué dìng jìn xíng yì chǎng bǐ sài tā
争论。它们各执一词，最后决定进行一场比赛：它
men tóng shí cóng qǐ pǎo xiàn chū fā kàn shuí xiān dào zhōng diǎn tù zi duì zì jǐ
们同时从起跑线出发，看谁先到终点。兔子对自己
yǔ shēng jù lái de sù dù hěn yǒu xìn xīn yú shì pǎo zhe pǎo zhe jiù qù lù biān
与生俱来的速度很有信心，于是跑着跑着就去路边
shuì jiào le ér wū guī yì zhí zài pīn mìng de pǎo zuì zhōng qiè ér bù shě
睡觉了，而乌龟一直在拼命地跑。最终，锲而不舍[1]
de wū guī yíng dé le bǐ sài
的乌龟赢得了比赛。

[1] 锲而不舍：雕刻一件东西，一直刻下去不放手，比喻做事情能坚持到底，不半途而废。也形容有恒心，有毅力。

hóu zi de hái zi
猴子的孩子

yì zhī hóu zi shēng le shuāng bāo tāi tā duì qí zhōng yí gè hái zi shí
一只猴子生了双胞胎，它对其中一个孩子十
fēn nì ài xī xīn zhào liào ér duì lìng yí gè hái zi fēi cháng xián qì jīng
分溺爱，悉心照料，而对另一个孩子非常嫌弃，经
cháng lěng luò tā lìng rén yì wài de shì shòu chǒng ài de xiǎo hóu zi yīn wèi bèi
常冷落它。令人意外的是，受宠爱的小猴子因为被
mā ma lōu de tài jǐn ér biē sǐ le ér bèi xián qì de xiǎo hóu zi què zhuó zhuàng
妈妈搂得太紧而憋死了，而被嫌弃的小猴子却茁壮
chéng cháng qǐ lái
成长起来。

shǒu cái nú
守财奴

yí gè shǒu cái nú bǎ tā de quán bù jiā chǎn dōu biàn mài le mǎi le yì
一个守财奴把他的全部家产都变卖了，买了一

xiē jīn zi cáng zài yí gè jiǎo luò lǐ tā měi tiān dōu yào qù jiǎo luò lǐ kàn
些金子，藏在一个角落里。他每天都要去角落里看
yi kàn guò guo yǐn xǔ duō rén zài fù jìn gōng zuò qí zhōng yí gè rén tōng
一看，过过瘾。许多人在附近工作，其中一个人通
guò shǒu cái nú de xíng wéi cāi dào le zhè shì zěn me huí shì jiù
过守财奴的行为猜到了这是怎么回事，就
chèn zhe shǒu cái nú lí kāi de shí hou bǎ jīn zi dōu tōu
趁着守财奴离开的时候，把金子都偷
zǒu le dāng shǒu cái nú fā xiàn jīn zi bú yì
走了。当守财奴发现金子不翼
ér fēi de shí hou tā bēi tòng yù jué
而飞的时候，他悲痛欲绝。
yǒu gè rén kàn dào tā zhè me bēi tòng
有个人看到他这么悲痛，
jiù wèn tā zěn me huí shì dé zhī yuán
就问他怎么回事。得知原
yīn hòu nà rén shuō bú yào nán guò
因后那人说：“不要难过，
nǐ qù zhǎo yì xiē shí tou fàng zài nà
你去找一些石头放在那
lǐ rán hòu bǎ tā dàng chéng jīn zi
里，然后把它当成金子
jiù xíng le yīn wèi nǐ gēn běn jiù méi
就行了。因为你根本就没
yǒu lì yòng hǎo nà xiē jīn zi
有利用好那些金子。”

yàn zi hé shé
燕子和蛇

yì zhī yàn zi zài fǎ tíng de fáng yán xià zhù le yí gè wō yǒu yì tiān
一只燕子在法庭的房檐下筑了一个窝。有一天，
yì tiáo shé chèn tā fēi chū qù de shí hou zuān jìn tā de wō lǐ bǎ tā de yòu
一条蛇趁它飞出去的时候钻进它的窝里，把它的幼
zǎi quán dōu tūn le xià qù yàn zi huí jiā zhī hòu kàn dào yòu zǎi méi le shāng
崽全都吞了下去。燕子回家之后看到幼崽没了，伤
xīn de dà kū qǐ lái bié de yàn zi dōu lái ān wèi tā tā shuō zì jǐ zài
心地大哭起来，别的燕子都来安慰它。它说自己在
zhè lǐ zhù wō yuán běn shì xiǎng dé dào fǎ tíng de bì hù méi xiǎng dào zuì zhōng què
这里筑窝原本是想得到法庭的庇护，没想到最终却
shòu dào le shāng hài
受到了伤害。

luò tuo dà xiàng hé hóu zi
骆驼、大象和猴子

dòng wù men jù zài yì qǐ xuǎn guó wáng dà xiàng hé luò tuo dōu jué de zì jǐ shì zuì hé shì de rén xuǎn kě shì hóu zi què shuō tā men liǎng gè dōu bù hé shì yīn wèi luò tuo hài pà è bà dà xiàng hài pà wén zi tā men dōu bù gǎn wèi dà jiā zuò zhǔ

动物们聚在一起选国王，大象和骆驼都觉得自己是最合适的人选。可是猴子却说它们两个都不合适，因为骆驼害怕恶霸，大象害怕蚊子，它们都不敢为大家做主。

wū guī hé diāo
乌龟和雕

wū guī hěn xiàn mù diāo de fēi xíng néng lì biàn kěn qiú diāo jiāo tā fēi xíng diāo jǐng gào wū guī bié zuò bái rì mèng dàn zài wū guī de zài sān kěn qiú xià

乌龟很羡慕雕的飞行能力，便恳求雕教它飞行。雕警告乌龟别做白日梦，但在乌龟的再三恳求下，雕还是答应了它。于是雕将乌龟衔在嘴里飞向高空，在空中将它扔了下去。乌龟掉到山崖上，摔得粉碎。

驴子、狐狸和狮子

驴子与狐狸交好，它们结伴外出游玩。在路上它们遇见了一头狮子。狐狸为保护自己，上前对狮子说：“如果你不动我，我就把驴子交给你。”狮子同意了。于是狐狸就设计把驴子骗到了狮子面前。狮子看驴子已经跑不掉了，就先把狐狸撕成碎片，然后才向驴子扑过去。

蝉和狐狸

蝉正在树上"唱歌"，狐狸想要吃掉蝉，就来到树下假意讨好[1]地说，不知道蝉能不能从树上下来，让它见识一下歌声如此动听的蝉究竟长什么样子。蝉知道狐狸想耍什么把戏，便从树上撕下一片叶子，向下抛去。狐狸以为是蝉从树上下来了，急忙扑了过去。这时，蝉说："要是你以为我会从树上下来，那你就是在痴心妄想。自从我在一只狐狸的排泄物中发现了一对小翅膀，我就一直提防着狐狸了。"

[1] 讨好：迎合别人，取得别人的欢心或者称赞。

yě zhū hé hú li
野猪和狐狸

yì zhī yě zhū zài yì kē dà shù xià mó yá hú li wèn tā wèi shén me
一只野猪在一棵大树下磨牙。狐狸问它为什么
yào mó yá xiàn zài jì méi yǒu liè rén yě méi yǒu bié de shén me wēi xiǎn
要磨牙，现在既没有猎人，也没有别的什么危险。
yě zhū shuō wàn yī yǒu shén me wēi xiǎn lái lín tā jiù bú yòng zài shǒu máng jiǎo
野猪说，万一有什么危险来临，它就不用再手忙脚
luàn le yīn wèi tā zǎo yǒu zhǔn bèi
乱了，因为它早有准备。

kǒng què hé hán yā
孔雀和寒鸦

niǎo ér men jǔ xíng huì yì xiǎng yào xuǎn chū guó wáng kǒng què shuō tā zhǎng de
鸟儿们举行会议想要选出国王。孔雀说它长得
zuì piāo liang xī wàng dà jiā dōu néng xuǎn tā dàn shì dāng hán yā wèn tā
最漂亮，希望大家都能选它。但是，当寒鸦问它，

yào shi dà jiā bèi diāo xí jī tā néng zuò shén me tā què huí dá bù chū le
要是大家被雕袭击，它能做什么，它却回答不出了。

láng hé mù rén
狼和牧人

yì zhī láng yì zhí gēn zhe yáng qún dàn què cóng lái méi yǒu xí jī guo tā
一只狼一直跟着羊群，但却从来没有袭击过它
men mù rén xiāng xìn zhè zhī láng bú huì shāng hài yáng jiù zài zì jǐ yǒu shì yào
们。牧人相信这只狼不会伤害羊，就在自己有事要
lí kāi de shí hou bǎ yáng qún tuō fù gěi le tā ràng tā kān zhe yáng kě shì
离开的时候把羊群托付给了它，让它看着羊。可是，
láng què xìng gāo cǎi liè de yǎo sǐ le suǒ yǒu de yáng dāng mù rén huí lái fā xiàn
狼却兴高采烈地咬死了所有的羊。当牧人回来发现
zhè yí qiè shí tā zhuī huǐ mò jí
这一切时，他追悔莫及。

liǎng gè guò lù rén hé dù yā
两个过路人和渡鸦

liǎng gè rén cōng cōng máng máng de chū mén zài lù shàng yù dào le yì zhī dú
两个人匆匆忙忙地出门，在路上遇到了一只独
yǎn dù yā yǒu gè rén shuō wǒ men hái shi huí qù ba yù jiàn dù yā bú
眼渡鸦。有个人说：“我们还是回去吧，遇见渡鸦不
shì shén me hǎo zhào tou lìng yí gè rén què shuō dù yā lián zì jǐ huì shòu
是什么好兆头。”另一个人却说：“渡鸦连自己会受
shāng zhì cán dōu yù liào bú dào gèng bié shuō yù shì wèi lái le
伤致残都预料不到，更别说预示未来了。”

yīng wǔ hé yín shǔ
鹦鹉和银鼠

yí gè nán rén mǎi le yì zhī yīng wǔ bǎ tā yǎng zài zì jǐ de fáng zi
一个男人买了一只鹦鹉，把它养在自己的房子
lǐ yīng wǔ hěn kuài jiù shì yìng le zhè lǐ de shēng huó cháng cháng fēi dào huǒ lú
里。鹦鹉很快就适应了这里的生活，常常飞到火炉

边，叽叽喳喳地叫个不停。银鼠看见了鹦鹉，便问它是谁，从何而来。鹦鹉答道：“我是主人最近买回来的鹦鹉。”

银鼠说道：“你这个不知羞的混蛋！你才被买回来，就敢在这里大呼小叫！我是在这里出生的，但主人不让我发出任何声音。只要我一发出声音，他就会生气，然后把我赶走。”

鹦鹉说：“你要知道，我的声音可不像你的那么难听。”

guǎn qián de rén hé shì yán
管钱的人和誓言

yí gè nán zǐ dā ying tì péng you bǎo guǎn yì bǐ qián dàn shì tā hěn xiǎng
一个男子答应替朋友保管一笔钱，但是他很想
jiāng zhè bǐ qián jù wéi jǐ yǒu péng you ràng tā fā shì bú huì sī tūn tā bù
将这笔钱据为己有。朋友让他发誓不会私吞，他不

gǎn tā shí fēn jiāo lǜ de zǒu zài huí jiā de lù shàng zài chéng mén chù tā
敢。他十分焦虑地走在回家的路上。在城门处，他
yù dào le yí gè bǒ jiǎo de rén cái zhī dào tā shì shòu le shì yán de zhào huàn
遇到了一个跛脚的人，才知道他是受了誓言的召唤，
qù zhuī bǔ nà xiē wéi bèi shì yán de rén nán zǐ wèn nà ge bǒ jiǎo de rén shén
去追捕那些违背誓言的人。男子问那个跛脚的人什
me shí hou huí lái bǒ jiǎo de rén shuō dà gài sān sì shí nián ba nán zǐ tīng
么时候回来，跛脚的人说大概三四十年吧。男子听
wán bú zài dān xīn le yòu huí dào le tā de péng you miàn qián fā shì zì jǐ
完不再担心了，又回到了他的朋友面前，发誓自己
bú huì sī tūn nà bǐ qián dàn tā huà yīn gāng luò bǒ jiǎo de rén jiù chū xiàn
不会私吞那笔钱。但他话音刚落，跛脚的人就出现
zài tā shēn hòu nán zǐ mán yuàn bǒ jiǎo de rén shuō huǎng tā què shuō shuí ruò
在他身后。男子埋怨跛脚的人说谎，他却说：“谁若
bèi pàn shì yán wǒ bì zài yí rì zhī nèi chū xiàn
背叛誓言，我必在一日之内出现。”

普罗米修斯[1]和人类

普罗米修斯依照宙斯[2]的吩咐，用泥创造出了人类和动物。但是宙斯觉得某些动物很笨，便命令普罗米修斯将其中的一部分毁掉，将其做成人类。普罗米修斯遵从了他的命令，但那些动物外表变成了人类，却还保留着动物的心。

① 普罗米修斯：古希腊神话中将火种带到人间的神。

② 宙斯：古希腊神话中的主神，众神之王。

yǎng qín rén hé yāng jī
养禽人和秧鸡

yí gè jiā qín sì yǎng zhě de jiā lǐ lái le kè rén dàn shí jiān tài wǎn le zhǔ rén jiā lǐ méi shén me dōng xi néng dài kè tā zhǐ dé jiāng jiā zhōng sì yǎng de yāng jī zhuō lái zhǔn bèi shā diào yāng jī mán yuàn zhǔ rén wú qíng wú yì shuō tā bāng le zhǔ rén bù shǎo máng zhī qián hái bāng zhù zhǔ rén shè quān tào lái yòu bǔ tā de tóng lèi kě xiàn zài zhǔ rén què yào shā le tā zhǔ rén què shuō nǐ lián zì jǐ de tóng lèi dōu chū mài gèng gāi shā le

一个家禽饲养者的家里来了客人，但时间太晚了，主人家里没什么东西能待客，他只得将家中饲养的秧鸡捉来准备杀掉。秧鸡埋怨主人无情无义，说它帮了主人不少忙，之前还帮助主人设圈套[1]来诱捕它的同类，可现在主人却要杀了它。主人却说："你连自己的同类都出卖，更该杀了。"

[1] 圈套：使人上当受骗的计策。

gǒu hé chú zi
狗和厨子

gǒu liū jìn chú fáng tōu le yì kē xīn hòu táo pǎo le chú zi fā xiàn
狗溜进厨房，偷了一颗心后逃跑了。厨子发现
hòu dà shēng de duì gǒu shuō nǐ xū yào yòng zì jǐ de xīn lái cháng huán
后，大声地对狗说：“你需要用自己的心来偿还！”

lǘ hé luó zi
驴和骡子

lǘ hé luó zi yì qǐ zài lù shàng zǒu lǘ duì luó zi bào yuàn dào tā
驴和骡子一起在路上走。驴对骡子抱怨道，它
liǎ bēi zhe yí yàng zhòng de dōng xi dàn luó zi chī de dōng xi què shì tā de liǎng
俩背着一样重的东西，但骡子吃的东西却是它的两
bèi hěn kuài gǎn chē de rén fā xiàn lǘ lèi le jiù bǎ tā bèi shàng de dōng
倍。很快，赶车的人发现驴累了，就把它背上的东
xi xiè xià lái yí bù fen fàng dào luó zi bèi shàng zǒu le yí huìr gǎn
西卸下来一部分，放到骡子背上。走了一会儿，赶

chē de rén fā xiàn lǘ gèng lèi le jiù yòu bǎ tā bèi shàng de dōng xi xiè xià lái
车的人发现驴更累了，就又把它背上的东西卸下来

yí bù fen fàng dào luó zi bèi shàng zuì zhōng lǘ bèi shàng suǒ yǒu de dōng xi
一部分，放到骡子背上。最终，驴背上所有的东西

dōu bèi fàng dào le luó zi bèi shàng luó zi huí tóu duì lǘ shuō tā shì yòng zì
都被放到了骡子背上。骡子回头对驴说，它是用自

jǐ de láo dòng huàn huí de shuāng bèi kǒu liáng
己的劳动换回的双倍口粮。

lǎo mǎ yī
老马（一）

mò fáng lǎo bǎn mǎi le yì pǐ lǎo mǎ bìng jiāng tā shuān zài mò pán shàng
磨坊老板买了一匹老马，并将它拴在磨盘上。

lǎo mǎ hěn shāng xīn de shuō dào wǒ céng chí chěng yú guǎng kuò de tiān dì rú
老马很伤心地说道：“我曾驰骋于广阔的天地，如

jīn què zhǐ néng jú xiàn zài zhè me yí xiǎo kuài dì fang
今却只能局限在这么一小块地方。”

yě zhū mǎ hé liè rén
野猪、马和猎人

cǎo yuán shàng yǒu yì tóu yě zhū yǔ yì pǐ mǎ zhèng zài chī cǎo yě zhū yì
草原上有一头野猪与一匹马正在吃草。野猪一
zhí zài qī fu mǎ mǎ qǐng qiú liè rén bāng máng liè rén shuō xū yào qí dào mǎ
直在欺负马，马请求猎人帮忙。猎人说需要骑到马
bèi shàng dé dào mǎ de tóng yì hòu tā gěi mǎ tào shàng lóng tou liè rén jiāng
背上，得到马的同意后，他给马套上笼头。猎人将
yě zhū gǎn pǎo le rán hòu bǎ mǎ qiān huí le jiā bìng jiāng tā shuān zài jiā lǐ
野猪赶跑了，然后把马牵回了家，并将它拴在家里。

wén zi hé shī zi
蚊子和狮子

wén zi shēng chēng zì jǐ bǐ shī zi gèng lì hai bìng qiě xiàng tā fā qǐ le
蚊子声称自己比狮子更厉害，并且向它发起了
tiǎo zhàn shī zi bèi wén zi dīng le zhī hòu shēng qì de yòng zhuǎ zi zài liǎn shàng
挑战。狮子被蚊子叮了之后，生气地用爪子在脸上

náo lái náo qù zuì hòu nòng
挠来挠去，最后弄

de zì jǐ jīng pí lì jié wén
得自己精疲力竭。蚊

zi jī bài le shī zi dé yì yáng yáng
子击败了狮子，**得意扬扬**[1]

de fēi zǒu le dàn fēi zhe fēi zhe tā tū
地飞走了。但飞着飞着，它突

rán luò rù le zhī zhū wǎng wú fǎ táo tuō tàn xī
然落入了蜘蛛网，无法逃脱，叹息

zhe sǐ qù le
着死去了。

① 得意扬扬：形容非常得意的样子。

shī zi hé tù zi

狮子和兔子

shī zi kàn jiàn yì zhī shuì zháo de tù zi gāng zhǔn bèi yì kǒu chī diào tā

狮子看见一只睡着的兔子，刚准备一口吃掉它，

tū rán fā xiàn yǒu yì tóu lù pǎo dào le fù jìn yú shì tā rēng diào tù zi

突然发现有一头鹿跑到了附近。于是它扔掉兔子，

qù zhuī gǎn nà tóu lù shī zi zhuī bú shàng lù biàn zhuǎn shēn qù zhǎo tù zi

去追赶那头鹿。狮子追不上鹿，便转身去找兔子，

dàn tù zi zǎo jiù bú jiàn le shī zi fēi cháng ào nǎo jiù zhè yàng cuò shī le dào

但兔子早就不见了。狮子非常懊恼就这样错失了到

shǒu de liè wù

手的猎物。

gǒu hú li hé gōng jī

狗、狐狸和公鸡

gǒu hé gōng jī jié bàn qián wǎng shù lín wǎn shang gōng jī fēi dào le yì

狗和公鸡结伴前往树林。晚上，公鸡飞到了一

kē shù shàng ér gǒu zé zài shù dòng lǐ shuì zháo le lí míng shí fēn hú li
棵树上，而狗则在树洞里睡着了。黎明时分，狐狸

tīng dào le gōng jī de jiào shēng xiǎng yǐn yòu tā cóng shù shàng xià lái rán hòu bǎ
听到了公鸡的叫声，想引诱它从树上下来，然后把

tā chī diào dàn shì gōng jī hěn jī ling bǎ hú li piàn dào le gǒu nà lǐ
它吃掉。但是公鸡很机灵，把狐狸骗到了狗那里。

gǒu bǎ hú li zhuā zhù jiāng hú li sī chéng le suì piàn
狗把狐狸抓住，将狐狸撕成了碎片。

rú chóng hé shé
蠕虫和蛇

rú chóng fēi cháng xiàn mù tǎng zài tā shēn biān de shé yīn wèi zhè tiáo shé
蠕虫非常羡慕躺在它身边的蛇，因为这条蛇

shì nà me dà rú chóng xī wàng zì jǐ biàn de xiàng shé nà me dà suǒ yǐ tǎng
是那么大！蠕虫希望自己变得像蛇那么大，所以躺

xià lái bú duàn shēn cháng shēn tǐ zuì hòu tā yòng lì guò měng jiāng shēn tǐ bēng
下来，不断伸长身体。最后它用力过猛，将身体绷

duàn le
断了。

gǒu hé wō niú

狗和蜗牛

yǒu yì zhī gǒu hěn ài chī dàn yí cì tā kàn jiàn le
有一只狗很爱吃蛋。一次，它看见了
yì zhī wō niú bǎ tā dàng chéng dàn tūn le xià qù kě shì chī
一只蜗牛，把它当成蛋吞了下去。可是吃
wán hòu gǒu gǎn jué wèi lǐ hěn nán shòu yú shì shuō wǒ zěn me néng kàn jiàn yuán
完后狗感觉胃里很难受，于是说：“我怎么能看见圆
dōng xi jiù bǎ tā dàng chéng dàn ne
东西就把它当成蛋呢？”

liǎng zhī gōng jī hé diāo

两只公鸡和雕

liǎng zhī gōng jī wèi le yì zhī mǔ jī dǎ jià qí zhōng yì zhī dǎ yíng
两只公鸡为了一只母鸡打架，其中一只打赢
le shī bài zhě duǒ zài hēi àn de qiáng jiǎo shèng lì zhě pá shàng qiáng tóu gāo
了。失败者躲在黑暗的墙角，胜利者爬上墙头，高

shēng jiào huàn zhè shí diāo chū qí bú yì de chū xiàn yì bǎ zhuā zhù le shèng
声叫唤。这时，雕出其不意地出现，一把抓住了胜
lì zhě zuì hòu cáng zài qiáng jiǎo de shī bài zhě yíng dé le mǔ jī
利者。最后，藏在墙角的失败者赢得了母鸡。

shī zi pǔ luó mǐ xiū sī hé dà xiàng
狮子、普罗米修斯和大象

shī zi duì pǔ luó mǐ xiū sī bào yuàn guo hěn duō cì shuō tā jiāng tā sù
狮子对普罗米修斯抱怨过很多次，说他将它塑
zào de tǐ xíng gāo dà xiàng mào yīng jùn yǒu fēng lì de yá chǐ hé zhuǎ zi
造得体形高大，相貌英俊，有锋利的牙齿和爪子，
què piān piān ràng tā pà jī pǔ luó mǐ xiū sī shuō zhè kě bù néng guài wǒ
却偏偏让它怕鸡。普罗米修斯说：“这可不能怪我。
wǒ bǎ néng gěi nǐ de dōu gěi nǐ le zhǐ bú guò nǐ de xìng gé tài ruǎn ruò le
我把能给你的都给你了，只不过你的性格太软弱了
ér yǐ zhè tóu xióng shī wèi zì jǐ de mìng yùn ér bēi tàn dǎ suàn zì jìn
而已。”这头雄狮为自己的命运而悲叹，打算自尽。
tā jiù zhè yàng yì biān xiǎng zhe yì biān wǎng qián zǒu pèng dào le yì tóu dà xiàng
它就这样一边想着，一边往前走，碰到了一头大象。

它看见大象在不停地摇着两只大耳朵，便问：“你怎么啦？你的耳朵怎么一直在动？”大象说：“你看，有一只小蚊子在我耳朵边上耀武扬威。万一它钻进了我的耳朵，那我可就没命了。”狮子听完，打消了自尽的念头。

百灵鸟

百灵鸟掉进了陷阱，大叫道：“我真是不幸。我没有偷过钱，却要为了一颗谷粒丧命。”

liǎng gè kǒu dai
两个口袋

pǔ luó mǐ xiū sī zài chuàng zào chū rén lèi zhī hòu jiāng liǎng gè kǒu dai fàng zài
普罗米修斯在创造出人类之后，将两个口袋放在
tā men de jiān shàng kǒu dai lǐ fēn bié zhuāng zhe bié rén de cuò wù hé rén lèi zì jǐ
他们的肩上，口袋里分别装着别人的错误和人类自己
de cuò wù pǔ luó mǐ xiū sī bǎ zhuāng zhe rén lèi zì jǐ cuò wù de kǒu dai fàng zài
的错误。普罗米修斯把装着人类自己错误的口袋放在
hòu miàn ér bǎ zhuāng zhe bié rén cuò wù de kǒu dai fàng zài qián miàn zhè yàng rén
后面，而把装着别人错误的口袋放在前面。这样，人
men jiù zhǐ néng kàn dào bié rén de cuò wù ér kàn bú dào zì jǐ de cuò wù
们就只能看到别人的错误，而看不到自己的错误。

qiáng hé xiē zi
墙和楔子

yǒu rén yòng hěn dà de lì qi xiàng qiáng shàng dìng xiē zi jié guǒ qiáng shàng
有人用很大的力气向墙上钉楔子，结果墙上

chū xiàn le yí dào liè hén qiáng gāo shēng hǎn dào wèi shén me yào zhé mó wǒ
出现了一道裂痕。墙高声喊道：“为什么要折磨我？
wǒ bìng méi yǒu mào fàn nǐ xiē zi duì qiáng shuō zhè bú shì wǒ de cuò
我并没有冒犯你。”楔子对墙说：“这不是我的错，
ér shì wǒ bèi hòu nà gè rén de cuò
而是我背后那个人的错。”

rén hé hú li
人和狐狸

yǒu gè rén tòng hèn huǐ huài le tā zhuāng jia de hú li tā zhuā zhù le
有个人痛恨毁坏了他庄稼的狐狸。他抓住了
zhè zhī hú li jiāng zhān le yóu de má shéng bǎng zài hú wěi shàng zài jiāng má shéng
这只狐狸，将沾了油的麻绳绑在狐尾上，再将麻绳
diǎn rán xiǎng shāo sǐ hú li shén kàn dào zhè gè rén de xíng jìng hòu fēi cháng shēng
点燃，想烧死狐狸。神看到这个人的行径后非常生
qì jiù bǎ hú li gǎn dào le zhè gè rén de tián lǐ zhè gè rén tòng kū bù
气，就把狐狸赶到了这个人的田里。这个人痛哭不
yǐ yīn wèi tā de dì lǐ zài yě zhǎng bù chū zhuāng jia le
已，因为他的地里再也长不出庄稼了。

狮子、狼和狐狸

一只狮子因为年纪太大而非常虚弱，躺在床上动弹不得。其他动物都来看望它，但是狐狸却没有露面。狼趁机污蔑狐狸，说它对百兽之王不敬。这时狐狸刚好赶来，听见了狼的这番话，连忙对狮子解释说："我为了给您治病而四处奔走，终于打听到了一个治病的好方法，只要把狼皮撕下裹在身上，您就能好起来。"狮子照做了。看着奄奄一息的狼，狐狸说："你不应该挑拨离间[1]，而是应该劝狮子多做好事。"

[1] 离间：从中挑拨使不团结、不和睦。

xiǎo gǒu hé qīng wā
小狗和青蛙

xiǎo gǒu gēn zhe lǚ xíng zhě zǒu le hěn cháng yí duàn lù tiān qì yán rè
小狗跟着旅行者走了很长一段路。天气炎热，
xiǎo gǒu áo bú zhù le zài bàng wǎn shí fēn pā zài shī lù lù de cǎo cóng zhōng dǎ
小狗熬不住了，在傍晚时分趴在湿漉漉的草丛中打
qǐ le kē shuì dàn shì fù jìn de yì zhī qīng wā què jiào gè bù tíng xiǎo gǒu
起了瞌睡。但是附近的一只青蛙却叫个不停。小狗
bèi chǎo xǐng le nù qì chōng chōng de zǒu dào shuǐ tán biān shàng chòng zhe qīng wā kuáng
被吵醒了，怒气冲冲地走到水潭边上，冲着青蛙狂
fèi yì si shì ràng tā ān jìng yì diǎn kě shì wú lùn xiǎo gǒu rú hé dà
吠，意思是让它安静一点。可是，无论小狗如何大
jiào dōu wú jì yú shì yú shì tā nù qì chōng chōng de lí kāi le lí kāi
叫都无济于事。于是，它怒气冲冲地离开了。离开
shí tā duì zì jǐ shuō wǒ zhè ge shǎ guā jìng xiǎng ràng nà zhī zhǐ zhī dào
时，它对自己说："我这个傻瓜，竟想让那只只知道
luàn hǎn luàn jiào de qīng wā dǒng dé shén me shì lǐ mào
乱喊乱叫的青蛙懂得什么是礼貌。"

nǚ pú hé ā fó luò dí tè
女仆和阿佛洛狄忒①

nán zhǔ rén ài shàng le yí gè miàn róng chǒu lòu xīn dì xiǎn è de nǚ
男主人爱上了一个面容丑陋、心地险恶的女
pú nǚ pú ná zhe nán zhǔ rén sòng gěi tā de qián cái jiāng zì jǐ dǎ ban de
仆。女仆拿着男主人送给她的钱财，将自己打扮得
huā zhī zhāo zhǎn de bìng shí cháng àn zì yǔ nǚ zhǔ rén bǐ měi tā hái bú duàn
花枝招展的，并时常暗自与女主人比美。她还不断
de xiàng nǚ shén ā fó luò dí tè qí dǎo xī wàng tā néng gòu biàn de gèng měi
地向女神阿佛洛狄忒祈祷，希望她能够变得更美。
kě shì yì tiān wǎn shàng tā mèng dào le ā fó luò dí tè ā fó luò dí tè
可是一天晚上，她梦到了阿佛洛狄忒。阿佛洛狄忒

① 阿佛洛狄忒：古希腊神话中的爱和美的女神。

gào su tā nǐ yòng bù zháo zhè me zuò wǒ bú huì ràng nǐ biàn de piào liang
告诉她："你用不着这么做！我不会让你变得漂亮。
jué de nǐ piào liang de zhǐ yǒu wǒ tǎo yàn de nà ge rén
觉得你漂亮的只有我讨厌的那个人。"

lǘ zi hé gǒu
驴子和狗

lǘ zi hé gǒu zài lù shàng jiǎn dào le yì fēng xìn lǘ zi bǎ xìn dú gěi
驴子和狗在路上捡到了一封信。驴子把信读给
gǒu tīng xìn lǐ jì zǎi le hěn duō guān yú shēng kou sì liào de nèi róng gǒu duì
狗听，信里记载了很多关于牲口饲料的内容，狗对
zhè xiē nèi róng yì diǎnr yě bù gǎn xìng qù jiù ràng lǘ zi lüè guò nà xiē nèi
这些内容一点儿也不感兴趣，就让驴子略过那些内
róng zhǎo zhao yǔ gǔ tou ròu shí xiāng guān de jù zi lǘ zi bǎ xìn tōng dú
容，找找与骨头、肉食相关的句子。驴子把信通读
le yí biàn méi fā xiàn xìn lǐ yǒu gǒu gǎn xìng qù de nèi róng yú shì gǒu biàn
了一遍，没发现信里有狗感兴趣的内容。于是狗便
ràng lǘ zi bǎ xìn diū le
让驴子把信丢了。

yín shǔ
银鼠

yín shǔ lái dào tiě jiàng pù fā xiàn le yì bǎ jù zi jiù kāi shǐ tiǎn
银鼠来到铁匠铺，发现了一把锯子，就开始舔
qǐ lái tā de shé tou bèi jù zi gē pò le xiān xuè zhí liú kě shì tā
起来。它的舌头被锯子割破了，鲜血直流，可是它
què rèn wéi nà shì tā cóng jù zi lǐ xī chū lái de zhī yè fēi cháng kāi xīn
却认为那是它从锯子里吸出来的汁液，非常开心。
děng dào shé tou bèi gē duàn tā cái xǐng wù guò lái
等到舌头被割断，它才醒悟过来。

bìng shī hú li hé lù
病狮、狐狸和鹿

shī zi shēng bìng le xī wàng hú li néng bǎ lù piàn lái ràng tā bǎo cān
狮子生病了，希望狐狸能把鹿骗来，让它饱餐
yí dùn hú li yòng huā yán qiǎo yǔ qī piàn lù shuō shī zi yào fēng tā wéi dà
一顿。狐狸用花言巧语欺骗鹿，说狮子要封它为大

wáng jiù zhè yàng bǎ tā piàn dào le shī zi de dòng xué lǐ dàn shì shī zi
王，就这样把它骗到了狮子的洞穴里。但是，狮子
tài xīn jí le kàn jiàn lù jiù měng de xiàng tā pū qù jié guǒ zhǐ bǎ tā de
太心急了，看见鹿就猛地向它扑去，结果只把它的
yì zhī ěr duo gěi chě le xià lái lù pǎo dào sēn lín lǐ qù le shī zi què
一只耳朵给扯了下来。鹿跑到森林里去了，狮子却
bù kěn bà xiū ràng hú li zài qù bǎ lù piàn lái yú shì hú li yòu piàn
不肯罢休，让狐狸再去把鹿骗来。于是，狐狸又骗
lù shuō shī zi jiū zhù tā de ěr duo zhǐ shì xiǎng yào gěi tā yì xiē zuò dà
鹿说，狮子揪住它的耳朵，只是想要给它一些做大
wáng de zhōng gào lù yòu xiāng xìn le hú li de huā yán qiǎo yǔ jué dìng gēn tā
王的忠告。鹿又相信了狐狸的花言巧语，决定跟它

huí qù tā men gāng yí jìn rù dòng xué shī zi jiù yǎo sǐ
回去。它们刚一进入洞穴，狮子就咬死
le lù dà chī tè chī qǐ lái
了鹿，大吃特吃起来。

nóng fū hé diāo

农夫和雕

nóng fū fā xiàn yì zhī diāo bèi tào suǒ tào zhù le tā zhèn jīng yú diāo de
农夫发现一只雕被套索套住了。他震惊于雕的
měi lì yú shì fàng guò le tā diāo yào bào dá zhè fèn ēn qíng tā kàn dào
美丽，于是放过了它。雕要报答这份恩情。它看到
nóng fū tǎng zài yì dǔ yáo yáo yù zhuì de qiáng de páng biān jiù chōng shàng qù yì bǎ
农夫躺在一堵摇摇欲坠的墙的旁边，就冲上去一把
chě diào le nóng fū tóu shàng de tóu jīn nóng fū gǎn jǐn qǐ shēn qù zhuī diāo diāo
扯掉了农夫头上的头巾。农夫赶紧起身去追雕，雕

jiù bǎ tóu jīn huán gěi le tā nóng fū jiē guò tóu jīn huí guò tóu qù zhǐ
就把头巾还给了他。农夫接过头巾，回过头去，只
jiàn nà dǔ qiáng hōng lóng yì shēng dǎo tā le
见那堵墙轰隆一声倒塌了。

mù yáng rén hé shān yáng
牧羊人和山羊

mù yáng rén bǎ shān yáng gǎn jìn yáng juàn yì zhī shān yáng yīn wèi hái zài chī
牧羊人把山羊赶进羊圈。一只山羊因为还在吃
cǎo bèi là zài hòu miàn mù yáng rén ná qǐ yí kuài shí tou cháo nà zhī shān
草，被落在后面。牧羊人拿起一块石头，朝那只山
yáng diū guò qù méi xiǎng dào bǎ nà zhī shān yáng de jī jiao zá duàn le mù yáng
羊丢过去，没想到把那只山羊的犄角砸断了。牧羊
rén jīng huāng shī cuò zhàn zhan jīng jīng kěn qiú shān yáng bú yào bǎ zhè jiàn shì gào
人惊慌失措，战战兢兢，恳求山羊不要把这件事告
su tā de zhǔ rén dàn shān yáng huí dá dào jiù suàn wǒ bǎ zuǐ bì shàng le yě
诉他的主人。但山羊回答道：“就算我把嘴闭上了也
méi yǒu yòng yīn wèi wǒ tóu shàng de duàn jiǎo piàn bù liǎo bié rén
没有用，因为我头上的断角骗不了别人。”

yú fū hé yú

渔夫和鱼

yí gè yú fū qù bǔ yú dà yú dōu bèi tā wǎng le chū lái ér xiǎo
一个渔夫去捕鱼，大鱼都被他网了出来，而小
yú dōu qīng ér yì jǔ de chuān guò yú wǎng de wǎng yǎn huí dào le hǎi lǐ
鱼都轻而易举[1]地穿过渔网的网眼，回到了海里。

tài yáng de hūn lǐ

太阳的婚礼

yán yán xià rì yàn yáng gāo zhào tài yáng yào bàn hūn lǐ dòng wù men
炎炎夏日，艳阳高照。太阳要办婚礼，动物们
dōu hěn kāi xīn xiǎo qīng wā yě xìng gāo cǎi liè rán ér qīng wā mā ma duì
都很开心，小青蛙也兴高采烈。然而，青蛙妈妈对
xiǎo qīng wā shuō shǎ hái zi nǐ zài gāo xìng shén me yí gè tài yáng jiù shǐ
小青蛙说："傻孩子，你在高兴什么？一个太阳就使

[1] 轻而易举：形容事情很容易做到。

wǒ men de zhǎo zé gān chéng zhè ge yàng zi rú guǒ tā jié le hūn shēng le hái zi nà wǒ men zěn me bàn ne
我们的沼泽干成这个样子，如果它结了婚，生了孩子，那我们怎么办呢？”

xiǎo niú hé lǎo niú
小牛和老牛

yǒu yì tóu cóng lái méi yǒu tào guo è de xiǎo niú kàn dào lǎo niú zhèng zài lí dì tóng qíng de shuō ài nǐ gàn le zhè me duō huó yí dìng hěn lèi ba kě shì lǎo niú shén me yě méi shuō zhǐ shì jì xù lí dì
有一头从来没有套过轭[1]的小牛，看到老牛正在犁地，同情地说：“唉，你干了这么多活，一定很累吧！”可是，老牛什么也没说，只是继续犁地。

dào le jì sì de rì zi lǎo niú bèi nóng fū fàng qù chī cǎo ér xiǎo niú zé bèi bǎng shàng shéng zi zuò le jì pǐn lǎo niú duì xiǎo niú shuō nǐ kàn
到了祭祀的日子，老牛被农夫放去吃草，而小牛则被绑上绳子，做了祭品。老牛对小牛说：“你看，

① 轭：牛马等拉东西时架在脖子上的器具。

tā men yǎng nǐ shì wèi le zhè ge nǐ de bó zi shàng bú tào è jiù huì bèi
他们养你是为了这个。你的脖子上不套轭，就会被

jià shàng tú dāo
架上屠刀。”

lǎo yīng
老鹰

lǎo yīng céng jīng yōng yǒu fēi cháng xiǎng liàng de sǎng yīn yì
老鹰曾经拥有非常响亮的嗓音。一

tiān tā tīng dào le mǎ de sī míng fēi cháng xǐ huan biàn kāi shǐ mó
天，它听到了马的嘶鸣，非常喜欢，便开始模

fǎng qǐ lái tā bú duàn de nǔ lì mó fǎng jié guǒ bù jǐn méi xué hǎo mǎ de
仿起来。它不断地努力模仿，结果不仅没学好马的

sī míng shēng fǎn ér lián zì jǐ yuán běn de sǎng yīn yě shī qù le
嘶鸣声，反而连自己原本的嗓音也失去了。

hè lā kè lè sī yǎ diǎn nà hé zhēng zhí
赫拉克勒斯①、雅典娜②和争执

hè lā kè lè sī zài yì tiáo xiá zhǎi de xiǎo jìng shàng zǒu zhe kàn jiàn dì
赫拉克勒斯在一条狭窄的小径上走着，看见地
shàng yǒu gè dōng xi xíng zhuàng hěn xiàng yí gè píng guǒ tā shì zhe yòng jiǎo qù cǎi
上有个东西，形状很像一个苹果。他试着用脚去踩
nà ge dōng xi què fā xiàn tā biàn chéng le yuán lái de liǎng bèi nà me dà rán hòu
那个东西，却发现它变成了原来的两倍那么大。然后
tā lūn qǐ gùn zi cháo tā dǎ qù bú liào tā jì xù péng zhàng biàn de hé xiǎo
他抡起棍子朝它打去，不料，它继续膨胀，变得和小
jìng yí yàng kuān wán quán dǎng zhù le tā de qù lù hè lā kè lè sī xià le yí
径一样宽，完全挡住了他的去路。赫拉克勒斯吓了一
tiào rēng diào le shǒu lǐ de gùn zi yǎ diǎn nà zǒu le guò lái duì tā shuō
跳，扔掉了手里的棍子。雅典娜走了过来，对他说：
nà ge dōng xi jiù shì zhēng zhí rú guǒ méi yǒu rén pèng tā tā jiù huì yì zhí
“那个东西就是争执。如果没有人碰它，它就会一直
bǎo chí yuán yàng yí dàn yǒu rén hé tā jiāo zhàn tā jiù huì xùn sù péng zhàng
保持原样；一旦有人和它交战，它就会迅速膨胀。”

① 赫拉克勒斯：古希腊神话中的大力神。
② 雅典娜：古希腊神话中的智慧、战争和艺术女神。

gōng niú hé shī zi
公牛和狮子

sān tóu gōng niú jīng cháng yì qǐ chī cǎo shī zi yì zhí xiǎng bǎ tā men yì
三头公牛经常一起吃草，狮子一直想把它们一
wǎng dǎ jìn kě shì tā men fēi cháng tuán jié yīn cǐ shī zi de yīn móu zǒng shì
网打尽，可是它们非常团结，因此狮子的阴谋总是
wú fǎ dé chěng yú shì shī zi bié yǒu yòng xīn de sàn bō yáo yán tiǎo qǐ sān
无法得逞。于是，狮子别有用心地散播谣言，挑起三
tóu gōng niú zhī jiān de máo dùn sān tóu gōng niú yīn máo dùn ér fēn kāi zhī hòu shī
头公牛之间的矛盾。三头公牛因矛盾而分开之后，狮
zi jiāng tā men zhú gè jī pò zuì hòu sān tóu gōng niú dōu bèi shī zi chī diào le
子将它们逐个击破，最后三头公牛都被狮子吃掉了。

shī zi hé lǘ zi
狮子和驴子

shī zi yǔ lǘ zi yì qǐ shòu liè tā men fā xiàn le yí gè shān dòng
狮子与驴子一起狩猎。它们发现了一个山洞，

lǐ miàn zhù zhe xǔ duō yě shān yáng tā men shāng liang hǎo shī zi shǒu zhe dòng kǒu
里面住着许多野山羊。它们商量好，狮子守着洞口，
ér lǘ zi zǒu jìn shān dòng dà hǎn dà jiào bǎ yě shān yáng men xià de wǎng shān dòng
而驴子走进山洞大喊大叫，把野山羊们吓得往山洞
wài pǎo jì huà shí fēn chéng gōng shī zi zhuā dào le hěn duō yě shān yáng lǘ
外跑。计划十分成功，狮子抓到了很多野山羊。驴
zi wèn shī zi zì jǐ de rèn wu wán chéng de zěn me yàng shī zi shuō ruò fēi tā
子问狮子自己的任务完成得怎么样，狮子说若非它
rèn shi lǘ zi tā yě huì bèi lǘ zi xià dào de
认识驴子，它也会被驴子吓到的。

lǘ zi hé qīng wā men
驴子和青蛙们

lǘ zi tuó zhe mù chái zài zhǎo zé dì lǐ zǒu tā yí bù liú shén shuāi dǎo
驴子驮着木柴在沼泽地里走，它一不留神摔倒
le méi bàn fǎ pá qǐ lái zhǐ hǎo dǎo zài dì shàng cháng xū duǎn tàn qīng wā
了，没办法爬起来，只好倒在地上长吁短叹。青蛙
men tīng jiàn le lǘ zi de jiào shēng duì tā shuō nǐ gāng diē dào zhǎo zé dì lǐ
们听见了驴子的叫声，对它说：“你刚跌到沼泽地里

jiù āi shēng tàn qì rú guǒ nǐ xiàng wǒ men shì de měi tiān dōu dāi zài zhèr nà nǐ gāi zěn me bàn ne

就唉声叹气，如果你像我们似的，每天都待在这儿，那你该怎么办呢？”

qún gǒu hé qún láng
群狗和群狼

yì qún láng yǔ yì qún gǒu fā shēng le chōng tū xī là quǎn bèi tuī jǔ wéi quǎn duì zhǐ huī guān dàn shì tā bìng méi yǒu jí yú fā dòng zhàn zhēng tā de shǒu xià men dōu zài mán yuàn tā xī là quǎn shuō láng qún lǐ de láng dōu shì tóng yí gè zhǒng lèi de ér wǒ men de quǎn de zhǒng lèi què bù tóng rú guǒ dà jiā bù néng qí xīn xié lì tǒng yī qǐ lái jí shǐ fā dòng zhàn zhēng wǒ men yě huì shū

一群狼与一群狗发生了冲突。希腊犬被推举为犬队指挥官，但是它并没有急于发动战争。它的手下们都在埋怨他。希腊犬说：“狼群里的狼都是同一个种类的，而我们的犬的种类却不同。如果大家不能齐心协力，统一起来，即使发动战争我们也会输。”

bái é hé xiān hè
白鹅和仙鹤

bái é hé xiān hè zài cǎo dì shàng chī cǎo de shí hou liè rén tū rán
白鹅和仙鹤在草地上吃草的时候，猎人突然
chū xiàn le xiān hè yì pāi chì bǎng jiù fēi zǒu le ér bái é yīn shēn tǐ bèn
出现了。仙鹤一拍翅膀就飞走了，而白鹅因身体笨
zhòng fēi bù qǐ lái bèi zhuā zhù le
重，飞不起来，被抓住了。

zhēn zi
榛子

lù páng yǒu yì kē zhēn zi shù shù shàng de zhēn zi bèi lù guò de rén yòng
路旁有一棵榛子树，树上的榛子被路过的人用
shí kuài zá xià lái le zhēn zi shù tòng kǔ de shuō wǒ zhēn dǎo méi nián nián
石块砸下来了。榛子树痛苦地说："我真倒霉，年年
gěi zì jǐ bō xià tòng kǔ
给自己播下痛苦。"

xiān hè hé kǒng què
仙鹤和孔雀

yì zhī jīn yǔ máo de kǒng què zhèng hé yì zhī bái yǔ máo de xiān hè zhēng
一只金羽毛的孔雀正和一只白羽毛的仙鹤争
lùn kǒng què cháo xiào xiān hè hán suān xiān hè què shuō dàn shì wǒ néng gāo shēng
论。孔雀嘲笑仙鹤寒酸，仙鹤却说：“但是我能高声
míng jiào hái néng fēi shàng yún xiāo ér nǐ xiǎng bèng qǐ lái dōu hěn kùn nan
鸣叫，还能飞上云霄；而你想蹦起来都很困难。”

qí shì hé mǎ
骑士和马

zhàn zhēng qī jiān yí wèi qí shì yòng liáng shi wèi mǎ yīn wèi mǎ néng zài
战争期间，一位骑士用粮食喂马，因为马能在
wēi jí guān tóu bāng zhù tā suǒ yǐ mǎ shì tā de hǎo péng you děng dào zhàn zhēng
危急关头帮助他，所以马是他的好朋友；等到战争
jié shù mǎ jiù chéng le tā de nú lì qí shì měi tiān ràng mǎ gàn hěn zhòng de
结束，马就成了他的奴隶。骑士每天让马干很重的

活，但马的伙食却很差。当战争再次开始，军号吹响，骑士牵出了马，手执兵器上了马。但是马承受不了这样的重量，顿时倒在地上。马对骑士说：“你已经把我从马变成驴了，难道还指望我能回到原来的样子吗？”

农夫与不结果实的树

有个农夫打算砍掉一棵不结果的大树。这棵树是麻雀和蝉的**栖息地**[1]，它们纷纷为树求情，但

① 栖息地：栖息，休息的意思。栖息地是指生物（包括动物和植物）在其中生活和繁殖的自然环境。

nóng fū bìng méi yǒu lǐ tā men rán ér nóng fū zài kǎn shù de shí hou zài shù
农夫并没有理它们。然而，农夫在砍树的时候在树
shàng fā xiàn le fēng mì tā lì kè bǎ fǔ zi rēng diào cóng cǐ xì xīn zhào gù
上发现了蜂蜜，他立刻把斧子扔掉，从此细心照顾
dà shù
大树。

zhàn shén hé ào màn
战神和傲慢

zhū shén yòng chōu qiān de fāng shì xuǎn zé xīn niáng zhàn shén ā ruì sī shì
诸神用抽签的方式选择新娘。战神**阿瑞斯**[1]是
zuì hòu yí gè chōu qiān de tā de xīn niáng shì ào màn zhàn shén duì ào màn yí
最后一个抽签的，他的新娘是傲慢。战神对傲慢一
jiàn zhōng qíng bìng qǔ le tā cóng cǐ yǐ hòu ào màn qù nǎ lǐ zhàn shén
见钟情，并娶了她。从此以后，傲慢去哪里，战神
jiù gēn dào nǎ lǐ
就跟到哪里。

---

1 阿瑞斯：古希腊神话中的战争之神。

驴子和好心的狼

lǘ zi hé hǎo xīn de láng

驴子想找个人帮它把脚上的钉子拔出来。除了狼，谁也不敢去碰它。于是狼用它的牙齿拔出了让驴子感到疼痛的钉子。但是，这颗钉子一被拔掉，驴子立刻将狼一脚踹开。

mù rén hé gǒu
牧人和狗

mù rén bǎ yáng gǎn jìn le yáng juàn lǐ què bǎ yì tóu láng yě guān le jìn
牧人把羊赶进了羊圈里，却把一头狼也关了进
qù mù yáng quǎn kàn jiàn le tā wèn mù rén jì rán nǐ xiǎng bǎo hù yáng
去。牧羊犬看见了，它问牧人：“既然你想保护羊，
wèi hé yào ràng láng jìn rù yáng juàn ne
为何要让狼进入羊圈呢？”

gōng zhèng de shī wáng
公正的狮王

shī wáng xiàng lái bǎo chí zhe gōng píng yǔ wēn hé de zī tài bú huì fā nù
狮王向来保持着公平与温和的姿态，不会发怒，
bú huì xíng xiōng yě bú huì shǐ yòng bào lì suǒ yǐ hěn duō dòng wù dōu huì lái
不会行凶，也不会使用暴力，所以很多动物都会来
dào wáng gōng qǐng qiú shī wáng duì qīn hài zì jǐ de dòng wù jìn xíng chéng fá zài
到王宫，请求狮王对侵害自己的动物进行惩罚。在

这些动物之中，绵羊受到了狼的侵害，野山羊受到了雪豹的侵害，鹿受到了老虎的侵害，兔子受到了狗的侵害。兔子鼓起勇气说："我早就**期待**[1]这一天了，现在它们也不敢随便欺负我们了。"

田鼠和家鼠

一只家鼠和一只田鼠相互拜访。家鼠首先到田鼠家里作客，田鼠请家鼠吃带着土疙瘩的小麦。家鼠见田鼠生活凄惨，便邀请田鼠到自己家里作客，它

[1] 期待：期望，等待。

说自己家里有很多好吃的。田鼠跟着家鼠回了家，看到各种各样的食物，它非常开心。可是过了一会儿，有人打开了门。它们不得不躲在狭窄的缝隙里，挤来挤去，难受极了。当人走后，它们出去拿食物。这时，又有另一个人走进了屋子，它们不得已又躲了起来。尽管田鼠很饿，但它还是对家鼠说，它要回家了，它宁愿去吃带着土疙瘩的小麦，也不想在这儿担惊受怕了。

dǎn xiǎo de lù
胆小的鹿

xiǎo niú wèn lù nǐ de gè tóu bǐ gǒu dà sù dù yě bǐ gǒu kuài
小牛问鹿：“你的个头比狗大，速度也比狗快，
ér qiě yǒu néng bǎo hù zì jǐ de jī jiao nǐ wèi shén me huì pà gǒu ne lù
而且有能保护自己的犄角，你为什么会怕狗呢？”鹿
shuō jǐn guǎn wǒ hěn qīng chu zì jǐ kě yǐ zì wèi kě shì yì tīng jiàn gǒu fèi
说：“尽管我很清楚自己可以自卫，可是一听见狗吠
shēng wǒ jiù huì gǎn dào tóu yūn suǒ yǐ chú le pǎo wǒ bié wú tā fǎ
声，我就会感到头晕，所以除了跑，我别无他法。”

dǎn xiǎo de liè rén
胆小的猎人

yí gè liè rén wèn fá mù gōng rén yǒu méi yǒu kàn jiàn guo shī zi de zú
一个猎人问伐木工人，有没有看见过狮子的足
jì huò zhě zhī dào shī zi zài nǎ gè dòng xué lǐ duǒ cáng fá mù gōng rén shuō
迹，或者知道狮子在哪个洞穴里躲藏。伐木工人说，

tā yuàn yì bǎ liè rén dài dào shī zi nà lǐ liè rén liǎn sè cāng bái shuō tā
他愿意把猎人带到狮子那里。猎人脸色苍白，说他
zhǐ shì xiǎng zhī dào shī zi de zōng jì bìng bù xiǎng zhǎo dào shī zi
只是想知道狮子的踪迹，并不想找到狮子。

dù yā ā bō luó hé hè ěr mò sī
渡鸦、阿波罗①和赫耳墨斯②

dù yā luò rù le xiàn jǐng zhōng tā qǐng qiú ā bō luó bāng zhù bìng xǔ
渡鸦落入了陷阱中，它请求阿波罗帮助，并许
nuò dé jiù hòu yòng shén xiāng jì sì tā dàn shì tā dé jiù hòu wàng le zì jǐ de nuò
诺得救后用神香祭祀他。但是它得救后忘了自己的诺
yán dù yā dì èr cì luò rù xiàn jǐng shí tā xiàng hè ěr mò sī qiú jiù tóng
言。渡鸦第二次落入陷阱时，它向赫耳墨斯求救，同
yàng xǔ nuò dé jiù hòu yòng shén xiāng jì sì tā dàn hè ěr mò sī shuō dù yā wéi
样许诺得救后用神香祭祀他。但赫耳墨斯说，渡鸦违
bèi le zhī qián xǔ xià de nuò yán tā yǐ jīng duì dù yā shī qù le xìn rèn
背了之前许下的诺言，他已经对渡鸦失去了信任。

① 阿波罗：古希腊神话中的光明与预言之神。

② 赫耳墨斯：古希腊神话中众神的使者。

láng qún hé gǒu qún
狼群和狗群

yì qún láng duì yì qún gǒu shuō tā men yǒu hěn duō xiāng tóng zhī chù suǒ yǐ yīng gāi hé píng gòng chǔ tā men de bù tóng zhī chù zhǐ zài yú shēng huó fāng shì

一群狼对一群狗说，它们有很多相同之处，所以应该和平共处。它们的不同之处只在于生活方式。

gǒu fú cóng zhǔ rén de mìng lìng rěn shòu biān dǎ tào shàng xiàng quān zhào kàn yáng qún què zhǐ néng fēn dào yì xiē gǔ tou ér láng què shēng huó de xiāo yáo zì zài

狗服从主人的命令，忍受鞭打，套上项圈，照看羊群，却只能分到一些骨头。而狼却生活得逍遥自在。

láng quàn gǒu jiāo chū yáng qún zhè yàng tā men jiù kě yǐ yì qǐ bǎo cān yí dùn

狼劝狗交出羊群，这样它们就可以一起饱餐一顿。

gǒu tīng le láng de huà bǎ láng fàng jìn le yáng juàn kě shì láng jìn yáng juàn hòu zuò de dì yī jiàn shì jiù shì bǎ gǒu sī chéng suì piàn

狗听了狼的话，把狼放进了羊圈。可是狼进羊圈后做的第一件事就是把狗撕成碎片。

láng hé bǎi dù rén
狼和摆渡人

yì zhī láng lái dào le yì tiáo yòu kuān yòu shēn de hé biān tā bù gǎn zì
一只狼来到了一条又宽又深的河边。它不敢自
jǐ guò hé yú shì qǐng qiú bǎi dù rén jiāng tā sòng dào hé duì àn bǎi dù rén
己过河，于是请求摆渡人将它送到河对岸。摆渡人
shuō wǒ dài nǐ qù zhǐ yào nǐ fù gěi wǒ bào chou láng shuō zhǐ yào
说：“我带你去，只要你付给我报酬。”狼说：“只要
nǐ néng ràng wǒ shàng chuán wú lùn nǐ yào shén me wǒ
你能让我上船，无论你要什么我
dōu gěi nǐ
都给你。”

bǎi dù rén ràng láng shàng chuán le tā
摆渡人让狼上船了。他
huá zhe chuán lí kāi àn biān hòu ràng láng duì
划着船离开岸边后，让狼对

他说三句实话作为报酬。狼说："行善的人是好人。"摆渡人十分赞成这句话。当船划到河中央时，狼又说："不行善的人是恶人。"摆渡人也对这句话表示赞同，并且问道："第三句呢？"狼说："等你把我送到对面我就能想出来了。"

船刚一靠岸，狼就跳到了岸上，并大声喊道："对恶人做善事，只会白费力气！"

燕子和麻雀

一位农民在秋天收获之后将谷物放进了粮仓。有一只在粮仓屋檐下筑巢的燕子喊来了一群麻雀，它们一起飞进粮仓吃谷子。农民发现后在粮仓设下陷阱，想要活捉麻雀。但是燕子把这个消息传给了麻雀，麻雀就不再来了。

农民猜到是燕子走漏风声，便大声宣布自己不会再抓鸟了。说完，他离开了粮仓，但却偷偷地又设下了陷阱。

燕子以为农民说的是真的，便又请麻雀来吃谷子。在麻雀吃谷子的时候，农民用网将它们全部网

le qǐ lái yì zhī má què zé guài yàn zi shuō tā qī piàn le tā men yàn
了起来，一只麻雀责怪燕子，说它欺骗了它们。燕
zi què shuō tā yě shì bèi nóng mín piàn le yīn wèi tā qīng xìn nóng mín dǎo
子却说，它也是被农民骗了；因为它轻信农民，导
zhì má què men yě bèi piàn le
致麻雀们也被骗了。

lǘ zi hé mǎ
驴子和马

mǎ chī zhe zuì hǎo de cǎo liào bìng qiě shòu dào le hěn hǎo de zhào gù
马吃着最好的草料，并且受到了很好的照顾。
zhè ràng lǘ zi xiàn mù huài le tā bù yóu dé wèi zì jǐ de bēi cǎn zāo yù ér
这让驴子羡慕坏了，它不由得为自己的悲惨遭遇而
tòng kū lǘ zi měi tiān dōu yào fù zhòng qián xíng cháng cháng è de qián xiōng tiē hòu
痛哭。驴子每天都要负重前行，常常饿得前胸贴后
bèi ér mǎ ne měi tiān wēi fēng lǐn lǐn shēn pī kǎi jiǎ rán ér lǘ
背。而马呢，每天威风凛凛，身披铠甲。然而，驴
zi zhè yàng de xiǎng fǎ mào chū lái méi duō jiǔ zhàn zhēng jiù bào fā le zhǔ rén
子这样的想法冒出来没多久，战争就爆发了。主人

pī shàng kǎi jiǎ qí shàng mǎ xiàng dí rén fā qǐ chōng fēng mǎ zāo dào le gōng
披上铠甲，骑上马，向敌人发起冲锋。马遭到了攻
jī bèi dǎ de bí qīng liǎn zhǒng shuāi dǎo zài dì zhè shí lǘ zi bú zài
击，被打得鼻青脸肿，摔倒在地。这时，驴子不再
xiàn mù mǎ le fǎn ér duì tā chǎn shēng le lián mǐn zhī xīn
羡慕马了，反而对它产生了怜悯之心。

lǎo mǎ èr
老马（二）

yì pǐ lǎo mǎ zài zhàn dòu zhōng lèi de jīng pí lì jié zhǐ hǎo lí kāi zhàn
一匹老马在战斗中累得精疲力竭，只好离开战
chǎng qù mò fáng tuī mò tā huái niàn yǐ qián de zhàn dòu shēng yá kāi shǐ āi
场，去磨坊推磨。它怀念以前的战斗生涯，开始哀
tàn zì jǐ de bú xìng mò fáng zhǔ duì tā shuō bú yào zài bào yuàn le shēng
叹自己的不幸。磨坊主对他说：“不要再抱怨了，生
huó zǒng shì yǒu qǐ yǒu fú nǐ yào xué huì jiē shòu
活总是有起有伏，你要学会接受。”

wū yā hé shuǐ guàn
乌鸦和水罐

yì zhī wū yā shí zài tài kě le tā xiǎng bǎ shuǐ guàn tuī dǎo lái hē shuǐ
一只乌鸦实在太渴了，它想把水罐推倒来喝水，
dàn shì méi yǒu chéng gōng hòu lái wū yā xiǎng dào le yí gè hǎo bàn fǎ tā
但是没有成功。后来，乌鸦想到了一个好办法，它
wǎng shuǐ guàn lǐ diū shí zǐr shí zǐr yuè duō shuǐ wèi yuè gāo zuì hòu
往水罐里丢石子儿。石子儿越多，水位越高，最后
shuǐ zhōng yú yì le chū lái zhè yàng wū yā jiù hē dào shuǐ le
水终于溢了出来。这样乌鸦就喝到水了。

xiǎo tōu hé mó guǐ
小偷和魔鬼

yí gè xiǎo tōu zài jīng jí cóng xià shuì jiào de shí hou mèng dào yí gè mó guǐ
一个小偷在荆棘丛下睡觉的时候梦到一个魔鬼
zhàn zài tā de miàn qián xǐng lái hòu tā fā xiàn mó guǐ zhēn de zhàn zài tā miàn
站在他的面前。醒来后，他发现魔鬼真的站在他面

qián mó guǐ duì xiǎo tōu biǎo shì xīn shǎng bìng dā ying huì yì zhí bāng zhù tā
前。魔鬼对小偷表示欣赏，并答应会一直帮助他。
yú shì xiǎo tōu jiù biàn de gèng chāng kuáng le tā sì wú jì dàn de tōu dōng xi
于是小偷就变得更猖狂了，他肆无忌惮地偷东西。
dàn shì tā zuì hòu hái shi bèi bǔ le bìng bèi pàn chǔ le sǐ xíng zài jiān
但是，他最后还是被捕了，并被判处了死刑。在监
yù zhōng tā bú duàn xiàng mó guǐ qiú jiù mó guǐ què duì tā zhì zhī bù lǐ
狱中，他不断向魔鬼求救，魔鬼却对他置之不理。
zuì hòu mó guǐ duì tā shuō yì zhí yǐ lái zài wǒ de bāng zhù xià nǐ dōu
最后，魔鬼对他说：“一直以来，在我的帮助下你都
ān rán wú yàng xiàn zài wǒ yào kàn kan méi yǒu wǒ de bāng zhù nǐ huì yǒu
安然无恙。现在我要看看，没有我的帮助，你会有
shén me xià chǎng
什么下场。”

láng hé shān yáng
狼和山羊

yì zhī shān yáng zài xuán yá shàng mì shí láng hěn xiǎng jiē jìn shān yáng dàn
一只山羊在悬崖上觅食。狼很想接近山羊，但
shì tā pá bú shàng xuán yá yú shì tā qǐng qiú shān yáng cóng xuán yá shàng xià lái
是它爬不上悬崖，于是它请求山羊从悬崖上下来。
láng shuō nǐ zài xuán yá shàng hěn wēi xiǎn yí bù liú shén jiù huì shuāi xià qù
狼说：“你在悬崖上很危险，一不留神就会摔下去；
ér qiě xià miàn yǒu yí piàn róu ruǎn de qīng cǎo nǐ kěn dìng huì xǐ huan shān yáng
而且下面有一片柔软的青草，你肯定会喜欢。”山羊
què shuō wǒ xià qù zhī hòu néng bù néng chī dào qīng cǎo bú shì zhòng diǎn zhòng diǎn
却说：“我下去之后能不能吃到青草不是重点，重点
shì zhǐ yào wǒ bú xià qù nǐ jiù chī bú dào dōng xi
是只要我不下去你就吃不到东西。”

bǔ niǎo rén hé chán
捕鸟人和蝉

bǔ niǎo rén tīng dào chán de jiào shēng chǎn shēng le yì zhǒng cuò jué rèn wéi
捕鸟人听到蝉的叫声，产生了一种错觉，认为
yǒu xǔ duō liè wù zài děng zhe tā dàn shì dāng tā zhuā dào chán hòu tā cái fā
有许多猎物在等着他。但是当他抓到蝉后，他才发
xiàn zì jǐ chú le chán de jiào shēng yì wú suǒ huò
现自己除了蝉的叫声一无所获。

bìng lǘ hé láng
病驴和狼

yì tóu lǘ shēng le bìng láng pāi le pāi tā de shēn tǐ wèn tā shēn shàng
一头驴生了病。狼拍了拍它的身体，问它身上
nǎ gè bù wèi zuì téng lǘ shuō láng pāi guo de bù wèi zuì téng
哪个部位最疼。驴说狼拍过的部位最疼。

狐狸与狮子
hú li yǔ shī zi

yì zhī shī zi bèi kùn zài lóng zi lǐ dāng yì zhī hú li cháo xiào tā de shí hou shī zi shuō bú shì nǐ zài cháo xiào wǒ ér shì wǒ de bú xìng zài cháo xiào wǒ

一只狮子被困在笼子里。当一只狐狸嘲笑它的时候，狮子说：“不是你在嘲笑我，而是我的不幸在嘲笑我。”

猫和母鸡
māo hé mǔ jī

māo yǐ zì jǐ guò shēng rì wéi jiè kǒu yāo qǐng mǔ jī dào jiā lǐ zuò kè dāng zhè xiē mǔ jī dān jīng shòu pà de zǒu jìn māo jiā lǐ shí māo guān shàng mén jiāng tā men yì zhī jiē yì zhī de quán chī diào le

猫以自己过生日为借口，邀请母鸡到家里做客。当这些母鸡担惊受怕地走进猫家里时，猫关上门，将它们一只接一只地全吃掉了。

小偷和旅店老板

有一个小偷在一家旅店逗留了好几天，希望能偷些东西，但他始终没有找到机会。一天，小偷看见旅店老板身穿一件新衬衫，坐在门边，周围没人，就过去和他攀谈起来。过了一会儿，小偷打了个哈欠，发出了狼叫声。老板问他怎么回事。他说他连打三次哈欠后就会变成一只狼，说着他又打了个哈欠，并发出了狼叫声。老板信以为真，吓得要逃走，可是他的衬衫却被小偷抓住了。小偷又一次张嘴要打哈欠，老板吓得连衬衫都不要了，赶紧跑回旅店，把门锁上。小偷带着老板的新衬衫回家去了。

zhàng fu hé qī zi

丈夫和妻子

cóng qián yǒu yí gè nán rén tā de qī zi fēi cháng gù zhí jué jiàng yì
从前有一个男人，他的妻子非常固执倔强。一
tiān nán rén dài zhe yì qún pú rén lái dào hé biān zhǔn bèi bǎ hé shuǐ pái chū
天，男人带着一群仆人来到河边，准备把河水排出
qù xiū jiàn yí gè shuǐ táng tā de pú rén men xī wàng tā men néng suí shēn dài
去，修建一个水塘。他的仆人们希望他们能随身带
shàng yì xiē shí wù zhè yàng tā men zài gōng zuò wán de shí hou kě yǐ tián bǎo dù
上一些食物，这样他们在工作完的时候可以填饱肚
zi nà hǎo zán men jiù zhè yàng bàn nán rén shuō nǐ men qù zhǎo wǒ
子。“那好，咱们就这样办。”男人说，“你们去找我
de qī zi yào xiē chī de bù guò qiān wàn bié shuō shì gěi wǒ chī de yě bié
的妻子要些吃的，不过千万别说是给我吃的，也别

说是我想吃的。”仆人们按照他的吩咐，走到他的妻子跟前，对她说：“这个活太辛苦了。我们的主人不想吃东西就算了，也不给我们东西吃。”妻子听到这话后说：“就让他挨饿去吧，都是他应得的。至于你们，我会照顾好的。”

午餐时，她给仆人们带来了各种各样的食物，并让他们坐下吃东西，让男人在旁边独自工作。当他们开始吃饭的时候，男人因为想吃东西也走了过来，并且在妻子的身边坐下。妻子明白男人也想吃饭，她就坐到了离他很远的地方。当他再次走到她身边坐了下来时，她又移动了位置。他们一次又一次地挪动位置，直到妻子从岸边跌入河中。仆人们赶紧顺着河岸往下游跑，试图在浅水处抓到她。但

nán rén gào su tā men nǐ men wǎng xià yóu pǎo shì tú láo de nǐ men yīng
男人告诉他们：“你们往下游跑是徒劳的。你们应
gāi wǎng shàng yóu zǒu qù hé de yuán tóu nàr děng tā tā chù chù gēn wǒ zuò
该往上游走，去河的源头那儿等她。她处处跟我作
duì diào xià hé shuǐ zhī hòu yě yí dìng huì nì liú ér shàng de
对，掉下河水之后也一定会逆流而上的！”

mài mǎ rén
卖马人

yí wèi nóng mín zhǔn bèi yǐ èr shí méi jīn bì de jià gé mài mǎ tā de
一位农民准备以二十枚金币的价格卖马。他的
lín jū xiǎng yào mǎi mǎ dàn tiáo jiàn shì yào jiàng jià tā men shāng liang guò hòu yuē
邻居想要买马，但条件是要降价。他们商量过后约
dìng jià gé yóu tā men yù jiàn de dì yī gè rén lái jué dìng tā men yù dào
定，价格由他们遇见的第一个人来决定。他们遇到
de dì yī gè rén yǒu yì zhī yǎn shī míng tā shuō zhè pǐ mǎ zhǐ zhí shí méi jīn
的第一个人有一只眼失明，他说这匹马只值十枚金
bì lín jū duì jià gé hěn mǎn yì dàn shì nóng mín jiān chí yào èr shí méi jīn
币。邻居对价格很满意，但是农民坚持要二十枚金
bì liǎng rén chǎo de bù kě kāi jiāo zuì hòu jué dìng shàng fǎ tíng zài fǎ tíng
币。两人吵得不可开交，最后决定上法庭。在法庭

上，农民控诉说他们遇到的陌生人有一只眼失明，所以他只能看到一半的马，所定的价格当然也只有一半。听到农民的可笑之言，法官以玩笑的口吻结束了这件事。邻居成功地推翻了农民的控告，带走了他的马。

骟猪

在一群猪里，有一只骄傲的骟猪，它因为自己没有当上首领而气愤不已。它用自己的獠牙和尖叫声来吓唬其他的猪，但是没有猪害怕它。因此，它离开了猪群。骟猪在路上遇见了一群羊，它在羊群中耀武扬威，看见羊都怕自己，它非常得意。可是一见狼来了，羊群就四散奔逃。骟猪以为自己能得到羊群的庇护，就没有逃走。最后，狼抓住了骟猪。好在猪群发现了骟猪并救了它。骟猪十分感动，并懊悔之前离开猪群的行为。

山羊和狼

一只正在草丛里觅食的山羊遇见了一头狼。山羊向狼祈求，希望它在自己唱完两首祈福的歌之前不要吃他。狼答应了。于是山羊站在高处，开始大声地唱歌。这时，附近所有的山羊、狗和农夫在听到歌声后都冲了过来，围攻那只狼，把山羊解救了。

狼和母鸽

树林中有一只母鸽在捡树枝。狼看见了，就跟它说：“我每次见到你的时候，你都在捡树枝，可是我从来没见你有过一个稳固的窝，或者是一个温暖的火炉。”母鸽回答：“我也总是看见你捉羊，可我也从来没见你穿过一件衣服，有过一个朋友。”

画家和他的妻子

一个画家让他的妻子临摹他的画，并且要她把画中的每根线条都准确地画出来。一次，他仔细地查看了妻子的画作，认为她的画一文不值[1]，便责备她不认真，画得不仔细。妻子辩解道，她是照着原作的线条画的，并没有做任何增减。所以，画家要是希望别人临摹他的作品时画出的线条好看，前提是他自己得把线条画好。

[1] 一文不值：出自《三报恩·骂佞》，指一点价值都没有，后指人无用。

hú li hé láng

狐狸和狼

yì zhī hú li zhèng zài hé biān chī yú láng xiàng tā tǎo yú chī hú li
一只狐狸正在河边吃鱼，狼向它讨鱼吃。狐狸
ràng láng qù zhǎo yì kǒu guō lái tā yào jiāo láng bǔ yú láng qù cūn lǐ tōu le
让狼去找一口锅来，它要教狼捕鱼。狼去村里偷了
yì kǒu guō hú li lǐng zhe láng lái dào hé biān ràng tā bǎ guō shuān zài wěi ba
一口锅。狐狸领着狼来到河边，让它把锅拴在尾巴

shàng rán hòu zǒu dào hé lǐ lāo yú láng tuō zhe guō guò hé shí hú li qiǎo
上，然后走到河里捞鱼。狼拖着锅过河时，狐狸悄
wú shēng xī de wǎng guō lǐ fàng shí tou láng shuō guō tài chén le hú li shuō shì
无声息地往锅里放石头。狼说锅太沉了。狐狸说是
yú zhuāng mǎn le guō zì jǐ qù zhǎo rén lái bāng tā bǎ yú lāo shàng lái
鱼装满了锅，自己去找人来帮它把鱼捞上来。

hú li huí dào cūn zi bǎ láng lái le de shì gào su le cūn mín cūn mín
狐狸回到村子把狼来了的事告诉了村民，村民
men ná qǐ wǔ qì jiù qù zhuī jī láng láng shǐ chū chī nǎi de lì qi cái táo tuō
们拿起武器就去追击狼。狼使出吃奶的力气才逃脱，
shèn zhì lián zì jǐ de wěi ba dōu bèi chě duàn le
甚至连自己的尾巴都被扯断了。

shī zi dāng shí zhèng qiǎo zài zhè fù jìn tā bèi fù tòng zhé mó zhe láng
狮子当时正巧在这附近，它被腹痛折磨着。狼

gào su shī zi jù tā liǎo jiě shěng lǐ yǒu zhī zì dà ér jiǎo huá de hú li
告诉狮子，据它了解，省里有只自大而狡猾的狐狸
bǎ zuì hǎo de líng dān miào yào cáng zài le zì jǐ de shēn shàng láng shuō bǎ hú li
把最好的灵丹妙药藏在了自己的身上。狼说把狐狸
de pí bāo xià lái shī zi jiù néng quán yù
的皮剥下来，狮子就能痊愈。

hú li tōu tīng dào le tā men de tán huà láng gāng cóng shī zi nàr lí
狐狸偷听到了它们的谈话。狼刚从狮子那儿离
kāi hú li jiù lái bài fǎng shī zi hú li shuō pà zì jǐ de chòu wèi jīng rǎo
开，狐狸就来拜访狮子。狐狸说怕自己的臭味惊扰
le shī zi suǒ yǐ bù gǎn kào jìn tā zì chēng shì shī zi de nú pú wèi
了狮子，所以不敢靠近。它自称是狮子的奴仆，为
le xún zhǎo néng zhì shī zi fù tòng de yào tā zǒu biàn le quán shì jiè zhōng yú
了寻找能治狮子腹痛的药，它走遍了全世界。终于，
tā dǎ ting dào shěng lǐ yǒu yì tiáo méi yǒu wěi ba de láng yào zài tā shēn shàng
它打听到省里有一条没有尾巴的狼，药在它身上。
hú li duì shī zi shuō zhī yào tā bǎ láng pí bāo xià lái wǔ zài dù zi shàng
狐狸对狮子说，只要它把狼皮剥下来捂在肚子上，
bù jiǔ tā jiù huì quán yù
不久它就会痊愈。

hòu lái shī zi bāo qù le láng de pí yòng láng pí bǎ zì jǐ de dù
后来，狮子剥去了狼的皮，用狼皮把自己的肚
zi bāo le qǐ lái
子包了起来。

狼和驴子

一头饿狼遇见了一头驴子，扬言要吃了它。驴子十分顺从，但恳求狼别在路上把它吃掉。它让狼用绳子把它捆起来，然后把绳子的另一头套在狼自己的脖子上，牵着它走到树林里。狼照做了，并让驴子指路。但驴子并没有带它去树林，而是把它领回了家。驴子的主人看见了狼，就和他的仆人们一起出去对狼拳打脚踢。狼侥幸[1]逃脱。驴子平安回到家中，高声欢呼。狼听到驴子的叫声，说不会再进圈套了。

[1] 侥幸：由于偶然的原因而得到成功或者免去灾害。

蛇和农夫

一位农夫在大路上踩到了一条蛇，蛇警告他不要轻信他得罪过的人。第二年，农夫在大路上又遇到了这条蛇，蛇警告他别在潮湿的地里耕种，农夫没信，结果他的种子全都腐烂了，他颗粒无收。第三年，农夫又遇到了这条蛇，蛇警告他别在干旱的土地上耕种，他还是没信，结果他的种子全都旱死了，他还是颗粒无收。第四年，农夫再一次遇到了这条蛇，蛇提议在不干不湿的土地上耕种，农夫听了它的话，并有了好收成。后来，蛇请求农夫让他唯一的儿子给它送来牛奶，并且提醒农夫不可轻信他得罪过

de rén nóng fū de ér zi lái gěi shé sòng niú nǎi bù liào bèi shé yǎo sǐ nóng
的人。农夫的儿子来给蛇送牛奶，不料被蛇咬死。农
fū qì jí bài huài de nù chì shé shì gè jiān zhà zhī tú shé què shuō tā bìng bù jiān
夫气急败坏地怒斥蛇是个奸诈之徒，蛇却说它并不奸
zhà tā zǎo jiù tí xǐng guo nóng fū bié qīng xìn tā dé zuì guo de rén le
诈，它早就提醒过农夫别轻信他得罪过的人了。

yáng hé láng
羊和狼

yì zhī yáng bèi yì tóu láng zhuī shā tā táo dào le yí chù xuán yá biān
一只羊被一头狼追杀，它逃到了一处悬崖边，
rèn wéi zài nà lǐ hěn ān quán láng yì zhí děng zài xià miàn guò qù le hǎo jǐ
认为在那里很安全。狼一直等在下面。过去了好几
tiān yáng shí zài tài kě le jiù qù zhǎo shuǐ è jí le de láng yě kāi shǐ
天，羊实在太渴了，就去找水。饿极了的狼也开始
mì shí yáng hē le zú liàng de shuǐ kàn zhe shuǐ zhōng de dào yǐng kāi shǐ kuā zàn
觅食。羊喝了足量的水，看着水中的倒影开始夸赞
zì jǐ shuō zì jǐ hěn piāo liang hěn yǒu lì liàng lián láng yě bú shì zì jǐ
自己，说自己很漂亮，很有力量，连狼也不是自己

de duì shǒu láng zhèng hǎo zài zhè fù jìn xún zhe yáng de shēng yīn zhǎo guò lái
的对手。狼正好在这附近，循着羊的声音找过来，
chōng shàng qù bǎ yáng chī diào le
冲上去把羊吃掉了。

māo zhǔ jiào
猫主教

yì zhī tóu shàng dài zhe jīn guān de māo shǒu chí yì gēn shǒu zhàng zhèng zuò
一只头上戴着金冠的猫，手持一根手杖，正坐
zài huǒ lú biān hū huàn zhe lǎo shǔ tā zì chēng shì gè zhǔ jiào yào duì zhè xiē
在火炉边呼唤着老鼠。它自称是个主教，要对这些
lǎo shǔ cì fú ràng tā men tīng cóng tā de fēn fù kě shì yǒu yì zhī dà
老鼠赐福，让它们听从它的吩咐。可是，有一只大
lǎo shǔ jiān chí bú gàn qí tā de xiǎo lǎo shǔ yě gēn zhe bú gàn lǎo shǔ men
老鼠坚持不干，其他的小老鼠也跟着不干。老鼠们
hài pà zì jǐ jiāng lái yì zhí bèi zhǎng kòng wú fǎ bǎi tuō zuì hòu māo zhǐ
害怕自己将来一直被掌控，无法摆脱。最后，猫只
hǎo zhāi diào jīn guān cí diào le gōng zuò
好摘掉金冠，辞掉了工作。

chuī zòu cháng dí de yú fū
吹奏长笛的渔夫

yǒu yí gè yú fū hěn huì chuī zòu cháng dí yì tiān tā dài zhe cháng dí hé yú wǎng lái dào le hǎi biān tā zhàn zài yí kuài tū chū de dà shí tou shàng kāi shǐ chuī zòu cháng dí xī wàng yǒu yú tīng dào yuè ěr de dí shēng hòu huì zì jǐ yuè chū shuǐ miàn dàn bù guǎn tā chuī de duō me qǐ jìn dōu méi yòng tā zhǐ hǎo fàng qì chuī dí bǎ cháng dí fàng dào yì páng zhuā qǐ yú wǎng rēng dào hǎi lǐ

有一个渔夫很会吹奏长笛。一天，他带着长笛和渔网来到了海边。他站在一块凸出的大石头上，开始吹奏长笛，希望有鱼听到悦耳的笛声后会自己跃出水面。但不管他吹得多么起劲都没用。他只好放弃吹笛，把长笛放到一旁，抓起渔网扔到海里。

jié guǒ tā bǔ dào le gè zhǒng gè yàng de yú yú bèi tā cóng yú wǎng dào dào àn shàng de shí hou hái zài pū teng zhe tā kàn zhe yú shuō nǐ men zhēn shi bù zhī hǎo dǎi wǒ wèi nǐ men chuī zòu cháng dí nǐ men bù qǐ wǔ wǒ bù chuī le nǐ men fǎn dào gāo xìng qǐ lái le

结果，他捕到了各种各样的鱼。鱼被他从渔网倒到岸上的时候还在扑腾着。他看着鱼说：“你们真是不知好歹。我为你们吹奏长笛，你们不起舞；我不吹了，你们反倒高兴起来了。”

fù zhài rén
负债人

zài yǎ diǎn, yǒu yí gè rén qiàn le hěn duō qián, tā xī wàng zhài zhǔ néng
在雅典，有一个人欠了很多钱，他希望债主能
kuān xiàn tā jǐ tiān, dàn zhài zhǔ bù tóng yì. suǒ yǐ, tā dài zhe jiā lǐ jǐn
宽限他几天，但债主不同意。所以，他带着家里仅
shèng de yì tóu zhū lái dào le jí shì shàng. yí wèi mǎi jiā xún wèn zhè tóu zhū fán
剩的一头猪来到了集市上。一位买家询问这头猪繁
yǎn hòu dài de néng lì zěn me yàng. qiàn zhài de rén shuō, zhè tóu zhū zài shàng shàng
衍后代的能力怎么样。欠债的人说，这头猪在上上
gè jié rì chǎn xià yì qún xiǎo mǔ zhū, yòu zài shàng gè jié rì chǎn xià yì qún xiǎo
个节日产下一群小母猪，又在上个节日产下一群小
gōng zhū. mǎi jiā hěn chī jīng, zhè shí zhài zhǔ zǒu guò lái shuō: "bú yòng qí
公猪。买家很吃惊，这时债主走过来说："不用奇
guài, děng zhe kàn ba, zài xià yí gè jié rì, tā hái huì chǎn xià yì qún xiǎo
怪，等着看吧，在下一个节日，它还会产下一群小
yáng gāo ne
羊羔呢。"

shì bīng hé qiáng dào
士兵和强盗

yì míng shì bīng zài kuàng yě zhōng kàn jiàn liǎng míng qiáng dào zài qiè qiè sī yǔ
一名士兵在旷野中看见两名强盗在窃窃私语，
gù yì zǒu shàng qián qù xún wèn tā men wèi hé yào yòng zhè me xiǎo de shēng yīn jiāo
故意走上前去询问他们为何要用这么小的声音交
tán qiáng dào dá dào jǐn guǎn zhōu wéi rén hěn shǎo dàn shì xiǎo shēng dí gu hé
谈。强盗答道：“尽管周围人很少，但是小声嘀咕和
zuò huài shì gèng pèi yě gèng hé wǒ men de xīn yì
做坏事更配，也更合我们的心意。”

gǒu hé bèi dǎ sǐ de zhǔ rén
狗和被打死的主人

gǒu de zhǔ rén bèi chóu rén dǎ sǐ le gǒu shǒu zài zhǔ rén shēn páng bìng
狗的主人被仇人打死了。狗守在主人身旁，并
jiāng shí wù sòng dào tā de zuǐ biān gǒu wú yì zhōng kàn jiàn le zhǔ rén de chóu rén
将食物送到他的嘴边。狗无意中看见了主人的仇人，

便向他冲过去，把他咬死了。

算命先生

一位算命先生靠在广场上为人算命过活。突然，一个人急匆匆地跑向他，大叫着说有强盗闯入算命先生家，把他家洗劫一空了。算命先生大吃一惊，连忙赶回了家，想看看到底是怎么回事。一个路人看着他的举动，十分诧异地问道：“你连自己的事情都无法预知，又怎么能预知他人的事情呢？”

hú li hé shī zi
狐狸和狮子

yǒu yì zhī hú li tā cóng lái méi yǒu jiàn guo shī zi tā dì yī cì
有一只狐狸，它从来没有见过狮子。它第一次
kàn jiàn shī zi de shí hou fēi cháng hài pà dì èr cì kàn jiàn shī zi de shí hou
看见狮子的时候非常害怕；第二次看见狮子的时候
tā hái shi hěn pà dàn shì tā de dǎn zi yǐ jīng bǐ dì yī cì dà le dì
它还是很怕，但是它的胆子已经比第一次大了；第
sān cì kàn jiàn shī zi de shí hou tā jiù gǎn zhuàng zhe dǎn zi hé shī zi shuō
三次看见狮子的时候，它就敢壮着胆子和狮子说
huà le
话了。

tān lán de gǒu
贪婪的狗

zhuāng mǎn le gān cǎo de xiǎo wū lǐ tǎng zhe yì tiáo tān lán de gǒu dāng yì
装满了干草的小屋里躺着一条贪婪的狗。当一

qún niú cóng páng biān zǒu guò shí gǒu lián yì gēn gān cǎo dōu bù yǔn xǔ tā men ná
群牛从旁边走过时，狗连一根干草都不允许它们拿

zǒu niú duì gǒu shuō tā zì jǐ bù chī gān cǎo hái bú ràng tā men chī
走。牛对狗说，它自己不吃干草，还不让它们吃，

zhè shì tā zuò de bú duì gǒu méi yǒu lǐ huì niú tā bǎ yì gēn gǔ tou hán
这事它做得不对。狗没有理会牛，它把一根骨头含

zài zuǐ lǐ jí shǐ tā yǎo bú dòng zhè gēn gǔ tou tā yě bú yuàn yì ràng bié
在嘴里，即使它咬不动这根骨头，它也不愿意让别

de gǒu lái yǎo
的狗来咬。

māo yī shēng
猫医生

māo tīng shuō mǔ jī shēng bìng le biàn qiáo zhuāng chéng yī shēng ná zhe yī
猫听说母鸡生病了，便乔装成医生，拿着医

liáo qì xiè lái dào le jī shè māo wèn mǔ jī gǎn jué zěn me yàng mǔ jī shuō
疗器械来到了鸡舍。猫问母鸡感觉怎么样。母鸡说，

zhǐ yào māo bú zài yí qiē dōu fēi cháng hǎo
只要猫不在，一切都非常好。

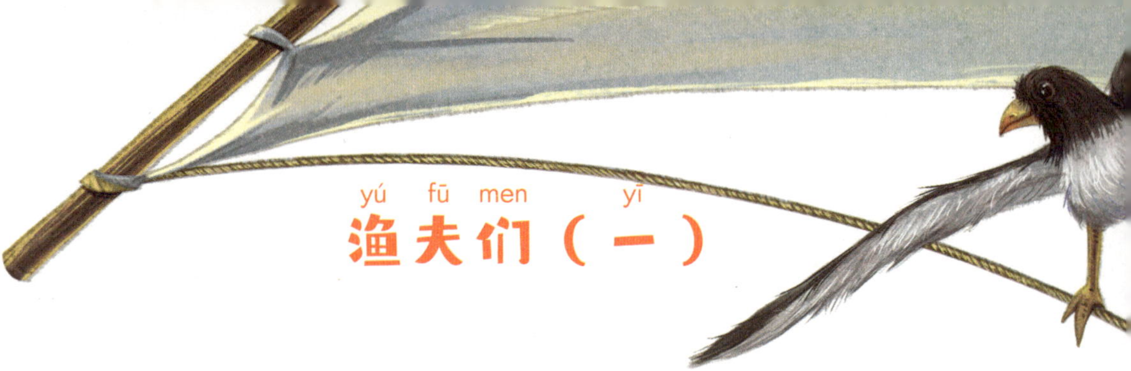

yú fū men yī

渔夫们（一）

yú fū men chū hǎi dǎ yú dàn shì tā men shén me yě méi dǎ dào zhèng

渔夫们出海打渔，但是他们什么也没打到。正

dāng tā men fā chóu de shí hou yì tiáo jīn qiāng yú tū rán tiào dào le chuán shàng

当他们发愁的时候，一条金枪鱼突然跳到了船上。

yú fū men yì bǎ zhuā zhù tā bǎ tā dài huí chéng lǐ mài le

渔夫们一把抓住它，把它带回城里卖了。

雕和狐狸
diāo hé hú li

diāo hé hú li shì lín jū tā men jiāo qing hěn shēn diāo zài shù shàng dā wō hú li zài shù xià de guàn mù cóng zhōng shēng ér yù nǚ yì tiān hú li chū qù zhǎo chī de diāo è jí le jiù zhuō le yì xiē yòu hú huí qù gēn xiǎo diāo yì qǐ chī hú li huí dào jiā zhōng zhī dào chū le shì shāng xīn yù jué yīn wèi tā wú fǎ qù dào shù shàng bào chóu zhǐ néng zhòu mà diāo méi guò duō jiǔ yǒu rén yòng shān yáng jì sì diāo qiǎng zǒu le gǔn tàng de jì pǐn huí dào wō zhōng jié guǒ yǐn qǐ le yì cháng dà huǒ xiǎo diāo men shuāi dào dì shàng quán bù dōu bèi hú li chī diào le

雕和狐狸是邻居，它们交情很深。雕在树上搭窝，狐狸在树下的灌木丛中生儿育女。一天，狐狸出去找吃的，雕饿极了，就捉了一些幼狐回去跟小雕一起吃。狐狸回到家中，知道出了事，伤心欲绝[1]。因为它无法去到树上报仇，只能咒骂雕。没过多久，有人用山羊祭祀。雕抢走了滚烫的祭品，回到窝中，结果引起了一场大火。小雕们摔到地上，全部都被狐狸吃掉了。

1 伤心欲绝：极度悲哀、痛苦的样子。

yè yīng hé cāng yīng
夜莺和苍鹰

yì zhī zài yì kē gāo dà de xiàng shù shàng gē chàng de yè yīng bèi yì zhī
一只在一棵高大的橡树上歌唱的夜莺，被一只
jī cháng lù lù de cāng yīng dǎi zhù yè yīng kěn qiú cāng yīng fàng zì jǐ yì tiáo shēng
饥肠辘辘的苍鹰逮住。夜莺恳求苍鹰放自己一条生
lù bì jìng zì jǐ hěn xiǎo gēn běn bú gòu cāng yīng chī de cāng yīng què shuō
路，毕竟自己很小，根本不够苍鹰吃的。苍鹰却说，
tā zhǐ yǒu fēng le cái huì diū xià yǐ jīng dào shǒu de liè wù
它只有疯了才会丢下已经到手的猎物。

qiáng dào hé sāng shù
强盗和桑树

yí gè qiáng dào zài lù shàng dǎ sǐ le yí wèi lù rén rán hòu sā tuǐ jiù
一个强盗在路上打死了一位路人，然后撒腿就
pǎo yǒu jǐ gè rén mù dǔ le zhè chǎng cǎn jù zhuī shàng qù xiǎng zhuā zhù tā
跑。有几个人目睹了这场惨剧，追上去想抓住他。

yíng miàn pèng shàng de rén wèn qiáng dào tā de shǒu wèi shén me shì hóng sè de qiáng
迎面碰上的人问强盗，他的手为什么是红色的。强

dào jiě shì shuō zì jǐ pá guo sāng shù zhèng zài zhè shí zhuī tā de jǐ gè
盗解释说，自己爬过桑树。正在这时，追他的几个

rén gǎn dào le jiāng tā zhuā qǐ lái kǔn zài yì kē sāng shù shàng sāng shù shuō
人赶到了，将他抓起来，捆在一棵桑树上。桑树说：

kàn yàng zi nǐ yào zài zhè lǐ sàng mìng le bú guò wǒ bìng bù jué de kě xī
“看样子你要在这里丧命了，不过我并不觉得可惜，

shuí ràng nǐ shā wán rén hòu hái bǎ shì qing lài dào wǒ shēn shàng
谁让你杀完人后还把事情赖到我身上。”

liè rén hé nóng fū
猎人和农夫

liè rén dài zhe tā de gǒu qù zhuī bǔ yě tù jié guǒ yě tù bèi nóng fū
猎人带着他的狗去追捕野兔，结果野兔被农夫

yí bàng dǎ sǐ mái jìn le gōu qú liè rén wèn nóng fū yǒu méi yǒu kàn jiàn yì
一棒打死，埋进了沟渠。猎人问农夫有没有看见一

zhī yě tù nóng fū shuō méi yǒu kàn jiàn liè rén dài zhe kū qiāng shuō zài yě
只野兔，农夫说没有看见。猎人带着哭腔说，在野

tù shàng sǎ shàng là jiāo fěn wèi dào yí dìng hěn hǎo nóng fū fù hé shuō rú
兔上撒上辣椒粉，味道一定很好。农夫附和说，如
guǒ fàng diǎn yán wèi dào huì gèng hǎo
果放点盐，味道会更好。

diāo hán yā hé mù yáng rén
雕、寒鸦和牧羊人

diāo cóng shān yá shàng fēi xià lái dào yáng qún lǐ zhuō le yì zhī yáng gāo
雕从山崖上飞下来，到羊群里捉了一只羊羔。
hán yā jiàn le yě xiǎng xué diāo de yàng zi zhuō yáng dàn shì tā bèi yáng máo chán zhù
寒鸦见了，也想学雕的样子捉羊，但是它被羊毛缠住
le zhǎo zi zěn me yě fēi bù qǐ lái mù yáng rén jiāng hán yā zhuō zhù bǎ tā
了爪子，怎么也飞不起来。牧羊人将寒鸦捉住，把它
de chì bǎng jiǎn diào ná huí jiā gěi xiǎo hái wán shuǎ xiǎo hái wèn tā shì shén me
的翅膀剪掉，拿回家给小孩玩耍。小孩问它是什么
niǎo mù yáng rén shuō tā shì yì zhī hán yā dàn tā rèn wéi zì jǐ shì diāo
鸟，牧羊人说它是一只寒鸦，但它认为自己是雕。

yī suǒ zài chuán chǎng
伊索在船厂

yī suǒ yǒu yí cì qù chuán chǎng bèi zào chuán rén cháo fěng le yì fān yī
伊索有一次去船厂，被造船人嘲讽了一番。伊
suǒ shuō zuì chū zhè gè shì jiè shàng yí piàn hùn dùn dào chǔ shì shuǐ hòu
索说：“最初，这个世界上一片混沌，到处是水。后
lái shén ràng tǔ chū xiàn zài shì jiè shàng bìng yāo qiú tā hē sān kǒu shuǐ tā
来，神让土出现在世界上，并要求它喝三口水。它
hē xià dì yī kǒu shuǐ shí shān chū xiàn le tā hē xià dì èr kǒu shuǐ shí
喝下第一口水时，山出现了；它喝下第二口水时，
píng yuán chū xiàn le yào shi tā hē xià dì sān kǒu shuǐ kǒng pà nǐ men zào chuán
平原出现了；要是它喝下第三口水，恐怕你们造船
zhě de shǒu yì jiù shuí yě bú zài xū yào le
者的手艺就谁也不再需要了。”

野山羊和牧羊人

有个牧羊人在草地上放羊，他看见一群野山羊正和自己的羊群一起吃草。傍晚时分，牧羊人把所有的羊都赶到了自己住的山洞里。第二天，因为天公不作美，羊无法出去吃草，牧羊人只好在山洞里照料它们。牧羊人只分了一小捆草料给自己的羊，却分了一大捆草料给野山羊，他希望驯服野山羊。当天气变好时，他将羊群往草地上赶，结果野山羊纷纷跑上了山。牧羊人斥责它们忘恩负义[1]。野山羊却说，牧羊人对它们好却对自己的羊不好，说明

[1] 忘恩负义：忘记别人对自己的恩情，做出对不起别人的事情。

tā xǐ xīn yàn jiù yǐ hòu rú guǒ yǒu xīn de yáng lái tā yí dìng yě huì lěng
他喜新厌旧，以后如果有新的羊来，他一定也会冷
luò tā men de
落它们的。

bǎi shé niǎo
百舌鸟

yì zhī bǎi shé niǎo zhù zài yí piàn xiāng táo mù shù lín lǐ tā zǒng shì néng
一只百舌鸟住在一片香桃木树林里，它总是能
chī dào tián měi de guǒ shí bǔ niǎo rén fā xiàn tā hòu sì jī zhuā zhù tā
吃到甜美的果实。捕鸟人发现它后，伺机抓住它，
bǎ tā guān jìn le lóng zi lǐ bǎi shé niǎo zài sǐ wáng zhī qián āi tàn dào zì
把它关进了笼子里。百舌鸟在死亡之前哀叹道，自
jǐ yīn wèi tān tú měi shí ér diū le xìng mìng
己因为贪图美食而丢了性命。

hú li hé shān yáng
狐狸和山羊

yì zhī hú li luò rù jǐng zhōng pá bu chū qù le yì zhī shān yáng lái
一只狐狸落入井中，爬不出去了。一只山羊来
dào jǐng biān xiǎng yào hē shuǐ hú li piàn shān yáng shuō jǐng lǐ de shuǐ hěn hǎo hē
到井边，想要喝水。狐狸骗山羊说井里的水很好喝，
ràng tā tiào dào jǐng lǐ lái hē shān yáng hē wán shuǐ hòu bù zhī dào gāi zěn me
让它跳到井里来喝。山羊喝完水后，不知道该怎么
chū qù hú li shuō yǒu gè bàn fǎ néng ràng tā liǎ dōu huò jiù tā ràng shān yáng
出去。狐狸说有个办法能让它俩都获救，它让山羊
zhàn zài jǐng biān yòng qián tuǐ chēng zhù jǐng bì zhè yàng tā jiù kě yǐ cǎi zhe shān
站在井边，用前腿撑住井壁，这样它就可以踩着山
yáng de hòu bèi tiào dào jǐng kǒu rán hòu tā zài bǎ shān yáng lā shàng lái shān
羊的后背跳到井口，然后，它再把山羊拉上来。山
yáng dā ying le hú li zòng shēn yí yuè tiào dào le shān yáng bèi shàng chēng zhe
羊答应了。狐狸纵身一跃，跳到了山羊背上，撑着
yáng jiǎo rán hòu měng de tiào dào le jǐng wài dàn tā bìng méi yǒu huí guò tóu lái
羊角，然后猛地跳到了井外，但它并没有回过头来
jiù shān yáng shān yáng dà nù zé guài hú li bù shǒu nuò yán hú li què shuō
救山羊。山羊大怒，责怪狐狸不守诺言，狐狸却说，
shān yáng yīng gāi zài xià jǐng zhī qián jiù xiǎng qīng chu zhī hòu rú hé shàng qù
山羊应该在下井之前就想清楚之后如何上去。

yú fū men èr
渔夫们（二）

yú fū men xìng gāo cǎi liè de tuō zhe chén diàn diàn de yú wǎng yǐ wéi fēng
渔夫们兴高采烈地拖着沉甸甸的渔网，以为丰
shōu zài jí dàn shì dāng tā men bǎ wǎng lā qǐ lái shí què fā xiàn lǐ miàn jìn
收在即。但是当他们把网拉起来时，却发现里面尽
shì shā shí bìng méi yǒu duō shǎo yú tā men yīn wèi xī wàng luò kōng ér shí fēn
是砂石，并没有多少鱼。他们因为希望落空而十分
shī luò zhè shí tā men zhōng de yí wèi lǎo zhě shuō péng you men bié tài
失落。这时，他们中的一位老者说：“朋友们，别太
nán guò le wǒ rèn wéi hǎo yùn yǔ è yùn shì yí duì jiě mèi yǒu duō shǎo xìng
难过了，我认为好运与厄运是一对姐妹，有多少幸
fú jiù huì yǒu duō shǎo tòng kǔ
福，就会有多少痛苦。”

hú li yǔ hóu zi
狐狸与猴子

hú li yǔ hóu zi zài lù shàng zhēng zhí shuí de chū shēn gèng gāo guì zài
狐狸与猴子在路上争执谁的出身更高贵。在
lù guò yí piàn gǔ mù qún shí hóu zi zhǐ zhe nà xiē mù bēi shuō nà xiē
路过一片古墓群时，猴子指着那些墓碑说，那些
dōu shì tā de zǔ xiān de nú lì de mù bēi ér hú li zé bó chì tā zài
都是它的祖先的奴隶的墓碑。而狐狸则驳斥它在
hú shuō bā dào yīn wèi tā men zhōng méi yǒu rén huì fù huó lái jiē chuān zhè ge
胡说八道，因为它们中没有人会复活来揭穿这个
huǎng yán
谎言。

láng qún hé yáng qún
狼群和羊群

láng qún shì tú xí jī yáng qún dàn shì yóu yú yǒu jǐ zhī gǒu bǎo hù zhe
狼群试图袭击羊群，但是由于有几只狗保护着

yáng qún tā men yì zhí méi néng chéng gōng láng pài xìn shǐ sǒng yǒng yáng bǎ gǒu gǎn
羊群，它们一直没能成功。狼派信使怂恿羊把狗赶

zǒu bìng shuō gǒu shì zào chéng tā men dí duì de gēn yuán méi kǎo lǜ hòu guǒ de
走，并说狗是造成它们敌对的根源。没考虑后果的

yáng bǎ gǒu gǎn pǎo le rú cǐ yì lái láng qún qīng ér yì jǔ de jiù fú huò
羊把狗赶跑了。如此一来，狼群轻而易举地就俘获

le yáng qún
了羊群。

hú li hé miàn jù
狐狸和面具

hú li zǒu jìn le diāo kè jiā de fáng jiān bǎ wū zi fān le gè dǐ cháo
狐狸走进了雕刻家的房间，把屋子翻了个底朝

tiān zuì hòu tā fā xiàn le yí gè bēi jù yǎn yuán yòng de miàn jù hú li bǎ
天，最后它发现了一个悲剧演员用的面具。狐狸把

miàn jù jiǎn le qǐ lái shuō dào zhè shì gè shén me nǎo dai lǐ miàn lián nǎo
面具捡了起来，说道：“这是个什么脑袋，里面连脑

zi dōu méi yǒu
子都没有！”

狮子与农夫

一只狮子爱上了农夫的女儿，想要娶她为妻。农夫不愿让自己的女儿嫁给一头凶猛的野兽，但他也不愿冒犯狮子。于是，他让狮子把自己的牙齿和指甲都拔掉，不然的话，他的女儿会很害怕的。陷入爱河的狮子乖乖把牙齿和指甲拔掉了。但当它再次上门的时候，农夫一棒子就把它打跑了。

hú li hé pú tao
狐狸和葡萄

hú li duì guà zài pú tao jià shàng de pú tao chuí xián yù dī dàn yóu yú
狐狸对挂在葡萄架上的葡萄垂涎欲滴，但由于
gòu bú dào tā zhǐ hǎo fàng qì bìng ān wèi zì jǐ shuō pú tao shì suān de
够不到，它只好放弃，并安慰自己说葡萄是酸的。

jī sà lā qín shǒu
基萨拉[1]琴手

yǒu yí gè pǔ tōng de jī sà lā qín shǒu měi tiān dōu zài yòng huī ní qì chéng
有一个普通的基萨拉琴手每天都在用灰泥砌成
de fáng zi lǐ gē chàng tā de gē shēng zài fáng zi lǐ huí xiǎng tīng qǐ lái shí
的房子里歌唱，他的歌声在房子里回响，听起来十
fēn yuè ěr zhè ràng tā gǔ qǐ yǒng qì jué dìng qù jù yuàn biǎo yǎn dàn shì
分悦耳。这让他鼓起勇气决定去剧院表演。但是，

① 基萨拉：古希腊人使用的一种拨弦乐器。

tā yí shàng tái rén qún jiù yīn wèi tā jiān ruì de sǎng yīn cháo tā tóu zhì làn cài
他一上台，人群就因为他尖锐的嗓音朝他投掷烂菜
yè yào tā lí chǎng
叶，要他离场。

biàn pàng de hú li
变胖的狐狸

yì zhī jī cháng lù lù de hú li zài yì kē shù de shù dòng zhōng fā xiàn le
一只饥肠辘辘的狐狸在一棵树的树洞中发现了
mù yáng rén liú xià lái de gān liang bìng jí bù kě nài de bǎ tā men quán dōu chī
牧羊人留下来的干粮，并急不可耐地把它们全都吃
guāng le chī wán hòu tā fā xiàn dù zi bèi chēng de tài gǔ tā wú fǎ cóng
光了。吃完后，它发现肚子被撑得太鼓，它无法从
shù dòng lǐ zuān chū lái le zhǐ néng bù tíng de āi shēng tàn qì zhè shí yòu
树洞里钻出来了，只能不停地唉声叹气。这时，又
yǒu yì zhī hú li lù guò liǎo jiě qíng kuàng hòu quàn tā yào nài xīn de děng dài
有一只狐狸路过，了解情况后劝它要耐心地等待，
děng tā de shēn tǐ huī fù zhèng cháng zì rán jiù néng cóng shù dòng zhōng zuān chū lái le
等它的身体恢复正常，自然就能从树洞中钻出来了。

lǎo pó po hé dài fu
老婆婆和大夫

yí gè lǎo pó po zhǎo le yí gè dài fu lái gěi tā zhì yǎn jí bìng xǔ
一个老婆婆找了一个大夫来给她治眼疾，并许
nuò zhì hǎo zhī hòu huì fù gěi dài fu chóu láo dài fu měi cì lái zhì bìng dōu
诺治好之后会付给大夫酬劳。大夫每次来治病，都
huì yòng yào gāo bǎ lǎo pó po de yǎn jing fēng shàng rán hòu tōu ná tā fáng jiān lǐ
会用药膏把老婆婆的眼睛封上，然后偷拿她房间里
de dōng xi zhí dào bǎ suǒ yǒu dōng xi dōu tōu zǒu le zhì liáo yě jiù jié shù
的东西。直到把所有东西都偷走了，治疗也就结束
le dāng dài fu xiàng lǎo pó po suǒ yào chóu láo de shí hou lǎo pó po bù kěn
了。当大夫向老婆婆索要酬劳的时候，老婆婆不肯
gěi liǎng gè rén nào dào le zhí zhèng guān miàn qián lǎo pó po shuō zhī qián tā
给。两个人闹到了执政官面前。老婆婆说，之前她
dā ying guo zhì hǎo cái huì fù chóu láo dàn zhè cì de zhì liáo fēi dàn méi yǒu gǎi
答应过治好才会付酬劳，但这次的治疗非但没有改
shàn tā de shì lì fǎn ér ràng tā de qíng kuàng è huà le yīn wèi tā lián jiā
善她的视力，反而让她的情况恶化了，因为她连家
lǐ de dōng xi dōu kàn bú jiàn le
里的东西都看不见了。

qīng wā qǐng qiú pài gè guó wáng
青蛙请求派个国王

yóu yú wú rén lǐng dǎo qīng wā men hěn shì fán nǎo xī wàng shén néng pài
由于无人领导，青蛙们很是烦恼，希望神能派
yí wèi guó wáng gěi tā men shén jiàn qīng wā men rú cǐ wú néng jiù rēng le yí
一位国王给它们。神见青蛙们如此无能，就扔了一
kuài mù tou dào zhǎo zé lǐ zuò tā men de guó wáng zuì chū qīng wā men bèi
块木头到沼泽里，做它们的国王。最初，青蛙们被
mù tou luò xià de shēng yīn xià le yí tiào dōu táo dào zhǎo zé lǐ bù gǎn chū lái
木头落下的声音吓了一跳，都逃到沼泽里不敢出来。
hòu lái tā men jiàn nà kuài mù tou yì diǎn fǎn yìng dōu méi yǒu yě jiù bú zài
后来，它们见那块木头一点反应都没有，也就不再
hài pà tā le qīng wā men yòu qù zhǎo shén xī wàng tā néng gěi tā men huàn yí
害怕它了。青蛙们又去找神，希望他能给它们换一
gè guó wáng shén fēi cháng shēng qì zhè cì pài le yì tiáo shuǐ shé gěi tā men
个国王。神非常生气，这次派了一条水蛇给它们。
shuǐ shé bǎ nà xiē qīng wā quán dōu tūn xià qù le
水蛇把那些青蛙全都吞下去了。

hú li hé è yú
狐狸和鳄鱼

hú li yǔ è yú zhēng lùn shuí de jiā shì gèng xiǎn hè è yú chuī xū qí
狐狸与鳄鱼争论谁的家世更显赫。鳄鱼吹嘘其
xiān zǔ de róng yào bìng shuō tā de zǔ bèi zuò guo tǐ yù jiào shī hú li fěng
先祖的荣耀，并说它的祖辈做过体育教师。狐狸讽
cì de shuō cóng nǐ nà yì shēn zhòu bā bā de pí jiù néng kàn chū lái nǐ jìn
刺地说：“从你那一身皱巴巴的皮就能看出来，你进
xíng tǐ yù duàn liàn yǒu duō kè kǔ le
行体育锻炼有多刻苦了。

yú fū
渔夫

yú fū zài hé zhōng bǔ yú shí huì yòng shí kuài jī dǎ shuǐ miàn shǐ yú shòu
渔夫在河中捕鱼时，会用石块击打水面使鱼受
dào jīng xià ràng tā men zì jǐ yuè chū shuǐ miàn yì míng cūn · mín zhǐ zé tā bǎ
到惊吓，让它们自己跃出水面。一名村民指责他把

shuǐ nòng hún le yú fū duì tā shuō rú guǒ tā bù bǎ shuǐ jiǎo hún jiù bǔ
水弄浑了，渔夫对他说，如果他不把水搅浑，就捕
bú dào yú bǔ bú dào yú tā jiù yào è sǐ le
不到鱼；捕不到鱼，他就要饿死了。

gōng jī hé yāng jī
公鸡和秧鸡

yǒu yí gè nán rén yǎng le hěn duō gōng jī yì tiān tā zài jí shì shàng
有一个男人养了很多公鸡。一天，他在集市上
kàn jiàn yì zhī xìng qíng wēn hé de yāng jī jiù bǎ tā mǎi le huí lái xī wàng
看见一只性情温和的秧鸡，就把它买了回来，希望
tā néng yǔ gōng jī men wéi bàn kě shì nà xiē gōng jī men yí kàn jiàn yāng jī jiù
它能与公鸡们为伴。可是那些公鸡们一看见秧鸡就
dǎ tā hái bǎ tā gǎn zǒu le yāng jī jué dé hěn shāng xīn kě shì dāng
打它，还把它赶走了。秧鸡觉得很伤心。可是，当
tā fā xiàn nà xiē gōng jī jīng cháng zì xiāng cán shā
它发现那些公鸡经常自相残杀
de shí hou tā jiù duì zì jǐ shuō yuán lái
的时候，它就对自己说，原来
gōng jī lián tóng lèi yě bú ài hù
公鸡连同类也不爱护。

piàn zi

骗子

yǒu yí gè pín kǔ de rén shēng le bìng tā xiàng zhòng shén chéng nuò rú guǒ
有一个贫苦的人生了病，他向众神承诺，如果
tā men néng ràng tā kāng fù tā jiù xiàn shàng yì bǎi tóu niú zhòng shén xiǎng duì tā jìn
他们能让他康复，他就献上一百头牛。众神想对他进
xíng kǎo yàn yú shì lì kè huǎn jiě le tā de bìng qíng tā hǎo le zhī hòu yòng
行考验，于是立刻缓解了他的病情。他好了之后，用
zhī yóu niē le yì bǎi tóu niú yì biān zài jì tán shàng shāo yì biān zuǐ lǐ niàn dao
脂油捏了一百头牛，一边在祭坛上烧，一边嘴里念叨
zhe ràng zhòng shén shōu xià jì pǐn zhòng shén jué dìng yǐ qí rén zhī dào huán zhì qí rén zhī
着让众神收下祭品。众神决定以其人之道还治其人之
shēn yú shì zài tā de mèng jìng zhōng gào su tā qù hǎi biān néng zhǎo dào yì qiān dé
身，于是在他的梦境中告诉他，去海边能找到一千德
lā kè mǎ tā qǐ chuáng hòu xìng gāo cǎi liè de qù dào le hǎi biān jié guǒ bèi
拉克马[1]。他起床后兴高采烈地去到了海边，结果被
jié fěi zhuā zǒu mài gěi bié rén zuò nú lì mài le yì qiān dé lā kè mǎ
劫匪抓走，卖给别人做奴隶，卖了一千德拉克马。

[1] 德拉克马：一种希腊货币。

zāo yù hǎi nàn de rén
遭遇海难的人

yí wèi fù yǒu de yǎ diǎn rén zài hǎi shàng pèng shàng le bào fēng yǔ chuán fān le qí tā lǚ kè dōu pīn mìng wǎng àn biān yóu zhǐ yǒu yǎ diǎn rén zài qí qiú yǎ diǎn nà jiù tā bìng chéng nuò zì jǐ dé jiù hòu huì fèng shàng wú shù jì pǐn jiù zài zhè shí yí gè lǚ kè yóu dào tā shēn biān duì tā shuō zhè gè shí hou guāng yòng zuǐ qí dǎo shì méi yòng de hái děi ràng sì zhī dòng qǐ lái

一位富有的雅典人在海上碰上了暴风雨，船翻了。其他旅客都拼命往岸边游，只有雅典人在祈求雅典娜救他，并承诺自己得救后会奉上无数祭品。就在这时，一个旅客游到他身边对他说：“这个时候光用嘴祈祷是没用的，还得让四肢动起来。”

xiōng shǒu
凶手

yì míng dǎi tú shā le rén bèi sǐ zhě de jiā rén zhuī jī tā táo wǎng

一名歹徒杀了人，被死者的家人追缉。他逃往

ní luó hé zài hé biān yù dào yì tóu láng tā pá dào shù shàng xiǎng duǒ bì
尼罗河，在河边遇到一头狼。他爬到树上，想躲避

láng de gōng jī méi xiǎng dào tā yòu yù dào yì tiáo chán zài shù shàng de dú shé
狼的攻击。没想到他又遇到一条缠在树上的毒蛇。

bù dé yǐ tā tiào rù shuǐ zhōng jié guǒ bèi yì tiáo è yú chī diào le
不得已，他跳入水中，结果被一条鳄鱼吃掉了。

nóng fū hé tā de ér zi men
农夫和他的儿子们

nóng fū yǒu liǎng gè ér zi tā men zǒng shì chǎo de bù kě kāi jiāo nóng
农夫有两个儿子，他们总是吵得不可开交，农

fū zěn me quàn yě quàn bú dòng yú shì tā jué dìng gěi tā men jiǎng dào lǐ nóng
夫怎么劝也劝不动，于是他决定给他们讲道理。农

fū jiào liǎng gè ér zi qù zhé duàn yì kǔn shù zhī kě shì shuí yě zhé bú duàn
夫叫两个儿子去折断一捆树枝，可是谁也折不断。

jiē zhe tā yòu cóng zhè kǔn shù zhī zhōng chōu le yì gēn chū lái shù zhī bèi tā
接着，他又从这捆树枝中抽了一根出来，树枝被他

men hěn qīng yì de jiù zhé duàn le nóng fū yòng zhè gè gù shi lái jiào yù tā de
们很轻易地就折断了。农夫用这个故事来教育他的

liǎng gè ér zi zhǐ yǒu lián hé qǐ lái lì liàng cái huì biàn de gèng dà gū
两个儿子，只有联合起来，力量才会变得更大，孤
lì wú yuán hěn róng yì jiù huì bèi dǎ bài
立无援很容易就会被打败。

ài chuī niú de yùn dòng yuán
爱吹牛的运动员

céng jīng yǒu yí gè yùn dòng yuán yīn wèi dǎn xiǎo jīng cháng bèi xiāng qīn men cháo
曾经有一个运动员，因为胆小经常被乡亲们嘲
xiào yú shì tā qù wài miàn shēng huó le yí duàn shí jiān tā huí xiāng hòu zǒng
笑，于是他去外面生活了一段时间。他回乡后，总
shì zì chuī zì léi shuō zì jǐ zài bié de chéng shì qǔ dé guo shén me chéng jì
是自吹自擂，说自己在别的城市取得过什么成绩，
bìng xuān chēng zì jǐ céng zài luó dé dǎo wán chéng guo yí cì tiào shuǐ jiù lián ào lín
并宣称自己曾在罗德岛完成过一次跳水，就连奥林

① 罗德岛：希腊第四大岛，位于爱琴海东南部。

pǐ kè yùn dòng yuán dōu zuò bù chū nà gè dòng zuò dāng shí kàn jiàn de rén dōu kě
匹克运动员都做不出那个动作，当时看见的人都可
yǐ wèi tā zhèng míng yí gè xiāng qīn duì tā shuō rú guǒ nǐ shuō de dōu shì zhēn
以为他证明。一个乡亲对他说：“如果你说的都是真
de hái xū yào bié rén lái wèi nǐ zhèng míng ma nǐ xiàn zài zài tiào yí cì jiù
的，还需要别人来为你证明吗？你现在再跳一次就
kě yǐ le
可以了！”

zhòng cài rén hé gǒu
种菜人和狗

zhòng cài rén de gǒu bù xiǎo xīn diào jìn le jǐng lǐ tā pǎo dào jǐng dǐ
种菜人的狗不小心掉进了井里，他跑到井底，
xiǎng bǎ gǒu jiù chū lái dàn gǒu rèn wéi zhòng cài rén xià jǐng shì xiǎng
想把狗救出来。但狗认为种菜人下井是想

yào yān sǐ tā biàn yǎo le tā yì kǒu zhòng cài rén
要淹死它，便咬了他一口。种菜人
shuō wǒ zhēn shi zì zuò zì shòu tā zì jǐ xiǎng chén
说：“我真是自作自受！它自己想沉
dào jǐng dǐ wǒ yòu hé bì qù jiù tā
到井底，我又何必去救它？”

fù rén hé mǔ jī
妇人和母鸡

cóng qián yǒu yí wèi fù rén tā yǎng le yì zhī mǔ jī mǔ jī měi tiān
从前有一位妇人，她养了一只母鸡，母鸡每天
xià yí gè dàn tā xīn xiǎng rú guǒ yòng gèng duō de sì liào wèi yǎng mǔ jī
下一个蛋。她心想，如果用更多的饲料喂养母鸡，
tā yě xǔ jiù kě yǐ yì tiān xià hǎo jǐ gè dàn le tā zhè me zuò le què
它也许就可以一天下好几个蛋了。她这么做了，却
fā xiàn mǔ jī shēn tǐ fā pàng zài yě bú xià dàn le
发现母鸡身体发胖，再也不下蛋了。

hú li hé cì lǐ
狐狸和刺李

hú li fān yuè wéi qiáng wèi le bú diào xià qù tā zhuā zhù le cì lǐ
狐狸翻越围墙，为了不掉下去，它抓住了刺李。

yīn wèi pí fū bèi cì lǐ cì shāng hú li kāi shǐ zé guài cì lǐ shuō zì jǐ
因为皮肤被刺李刺伤，狐狸开始责怪刺李，说自己
shì xiǎng zhǎo tā bāng máng shuí zhī dào jié guǒ gèng zāo gāo le cì lǐ fǎn bó shuō
是想找它帮忙，谁知道结果更糟糕了。刺李反驳说，
hú li zài zhuā zhù tā zhī qián jiù yīng gāi zhī dào tā yǒu cì rén de xí xìng
狐狸在抓住它之前就应该知道它有刺人的习性。

nóng mín hé tā de hái zi men
农民和他的孩子们

yí gè nóng mín lín zhōng qián duì tā de liǎng gè ér zi shuō tā jiāng suǒ yǒu
一个农民临终前对他的两个儿子说，他将所有
de cái bǎo dōu mái zài le pú tao téng xià tā sǐ hòu liǎng gè ér zi jiāng pú
的财宝都埋在了葡萄藤下。他死后，两个儿子将葡
tao yuán de dì dōu fān le yí biàn bìng méi zhǎo dào cái bǎo dàn fān sōng le pú
萄园的地都翻了一遍，并没找到财宝，但翻松了葡
tao yuán de tǔ dì zhè què gěi tā men dài lái le gèng dà de shōu huò
萄园的土地，这却给他们带来了更大的收获。

hǎi tún hé shā yú
海豚和鲨鱼

hǎi tún yǔ shā yú zhēng dòu le hěn jiǔ tā men zhī jiān de chóu hèn yuè lái
海豚与鲨鱼争斗了很久，它们之间的仇恨越来
yuè shēn yǒu yì tiáo xiǎo yú xiǎng yào cóng zhōng tiáo jiě dàn shì hǎi tún hé shā yú
越深。有一条小鱼想要从中调解，但是海豚和鲨鱼
shuō wǒ men nìng kě tóng guī yú jìn yě bù jiē shòu nǐ zhè yàng de yì tiáo xiǎo
说：“我们宁可同归于尽，也不接受你这样的一条小
yú de diào jiě
鱼的调解。”

shī zi hé hú li
狮子和狐狸

shī zi lǎo le bù néng yòng zì jǐ de lì liàng qù xún zhǎo shí wù le
狮子老了，不能用自己的力量去寻找食物了。
yú shì tā zhuāng chū yí fù bìng yàng yàng de yàng zi zhěng rì dāi zài dòng xué lǐ
于是它装出一副病怏怏的样子，整日待在洞穴里，

jiāng nà xiē lái tàn wàng tā de dòng wù men piàn de tuán tuán zhuàn zuì hòu jiāng tā men
将那些来探望它的动物们骗得团团转，最后将它们
yí gè gè chī diào hěn duō dòng wù dōu yīn cǐ diū le xìng mìng dàn shì hú li
一个个吃掉。很多动物都因此丢了性命，但是狐狸
zài yì fān guān chá hòu kàn chuān le tā de yīn móu hú li zǒu dào lí shān dòng hěn
在一番观察后看穿了它的阴谋。狐狸走到离山洞很
yuǎn de dì fang wèn shī zi zhuàng kuàng rú hé shī zi shuō zì jǐ bù shū fu
远的地方，问狮子状况如何。狮子说自己不舒服，
bìng fǎn wèn hú li wéi shén me bú dào dòng lǐ lái hú li shuō rú guǒ tā méi
并反问狐狸为什么不到洞里来。狐狸说，如果它没
yǒu qīn yǎn kàn dào nà me duō de dòng wù zǒu jìn le dòng xué ér méi yǒu yí gè
有亲眼看到那么多的动物走进了洞穴，而没有一个
chū lái de huà tā zǎo jiù jìn qù le
出来的话，它早就进去了。

nóng fū yǔ gǒu
农夫与狗

nóng fū yù dào le bào fēng yǔ bèi kùn zài máo wū zhōng méi bàn fǎ chū qù
农夫遇到了暴风雨，被困在茅屋中，没办法出去

zhǎo chī de tā xiān shì zǎi le zì jǐ yǎng de mián yáng dàng zuò shí wù rán hòu shì
找吃的。他先是宰了自己养的绵羊当作食物，然后是
shān yáng zài hòu lái shì niú nóng fū de liǎng tiáo kān mén gǒu kàn zhe tā de jǔ dòng
山羊，再后来是牛。农夫的两条看门狗看着他的举动，
sī xià lǐ shuō dào zhǔ rén duì hé tā yì qǐ gàn huó de niú dōu zhè me wú qíng
私下里说道：“主人对和他一起干活的牛都这么无情，
duì zán men zì rán bú huì shǒu xià liú qíng zán men hái shi zǎo diǎnr táo ba
对咱们自然不会手下留情，咱们还是早点儿逃吧！”

jiān niú hé chē zhóu
犍牛和车轴

jǐ tóu jiān niú lā zhe yí liàng jù dà de mǎ chē wǎng qián zǒu chē zhóu bù
几头犍牛拉着一辆巨大的马车往前走，车轴不
kān zhòng fù fā chū gā zhī gā zhī de shēng yīn jiān niú men huí guò tóu
堪重负，发出“嘎吱嘎吱”的声音。犍牛们回过头
duì chē zhóu shuō nǐ wèi shén me lǎo shì cǎn jiào míng míng shì wǒ men chéng dān zhe
对车轴说：“你为什么老是惨叫？明明是我们承担着
quán bù zhòng liàng
全部重量！”

nóng fū yǔ shé
农夫与蛇

dú shé bǎ nóng fū de ér zi yǎo sǐ le nóng fū ná zhe fǔ zi shǒu zài shé dòng de rù kǒu chù zhǔn bèi zǎi le shé gěi ér zi bào chóu kàn jiàn shé tàn chū tóu lái nóng fū yì fǔ zi pī xià qù méi xiǎng dào pī zài le yán shí shàng méi yǒu pī zhòng shé nóng fū kāi shǐ hài pà xiàng shé qiú qíng kě shì shé què

毒蛇把农夫的儿子咬死了。农夫拿着斧子守在蛇洞的入口处，准备宰了蛇给儿子报仇。看见蛇探出头来，农夫一斧子劈下去，没想到劈在了岩石上，没有劈中蛇。农夫开始害怕，向蛇求情。可是蛇却

bù kěn gēn tā hé jiě yīn wèi tā shuō yí kàn jiàn shí tou shàng de liè hén jiù
不肯跟他和解，因为它说一看见石头上的裂痕，就
néng xiǎng dào nóng fū de xíng wéi
能想到农夫的行为。

shī zi hé xióng
狮子和熊

shī zi hé xióng zhuō dào yì tóu xiǎo lù tā men wèi le liè wù fēn pèi ér
狮子和熊捉到一头小鹿，它们为了猎物分配而
dà dǎ chū shǒu shuāng fāng jī zhàn dào jīn pí lì jìn dǎo zài dì shàng zhèng zài
大打出手。双方激战到筋疲力尽，倒在地上。正在
cǐ shí hú li cóng páng biān jīng guò tā kàn dào shī zi hé xióng dǎo zài dì shàng
此时，狐狸从旁边经过，它看到狮子和熊倒在地上，
zhōng jiān hái yǒu yì tóu xiǎo lù hú li zhuā qǐ xiǎo lù jiù fēi kuài de pǎo kāi le
中间还有一头小鹿。狐狸抓起小鹿就飞快地跑开了。
shī zi hé xióng méi yǒu lì qì zhuī gǎn zhǐ néng pián yi le hú li
狮子和熊没有力气追赶，只能便宜了狐狸。

bĕi fēng hé tài yáng
北风和太阳

bĕi fēng hé tài yáng zài zhēng lùn shuí de néng lì gèng qiáng tā men yuē dìng
北风和太阳在争论谁的能力更强。它们约定

hǎo shuí néng ràng xíng rén bǎ yī fu tuō xià lái shuí de néng lì jiù gèng qiáng bĕi
好，谁能让行人把衣服脱下来谁的能力就更强。北

fēng hū hū de guā xíng rén què bǎ zì jǐ guǒ de yán yán shí shí bĕi fēng de
风呼呼地刮，行人却把自己裹得严严实实。北风的

páo xiào shēng yuè lái yuè dà xíng rén bǎ yī fu guǒ de yuè lái yuè jǐn dào le
咆哮声越来越大，行人把衣服裹得越来越紧。到了

zuì hòu bĕi fēng lèi le jiù ràng tài yáng qù shì shi ér tài yáng zhǐ shì wēn
最后，北风累了，就让太阳去试试。而太阳只是温

róu de fā chū guāng máng xíng rén jiù bǎ yī fu tuō diào le
柔地发出光芒，行人就把衣服脱掉了。

shāo tàn gōng hé yìn rǎn gōng
烧炭工和印染工

shāo tàn gōng hé yìn rǎn gōng zài tóng yì jiān fáng zi lǐ gàn huó shāo tàn gōng xiàng yìn rǎn gōng tí yì liǎng rén tóng zhù yì jiān wū zi zhè yàng jì shěng qián yòu néng hù xiāng shú xi dàn shì yìn rǎn gōng què bù kěn tā pà shāo tàn gōng de méi huī bǎ tā piāo bái de dōng xi nòng zāng

烧炭工和印染工在同一间房子里干活。烧炭工向印染工提议，两人同住一间屋子，这样既省钱又能互相熟悉。但是印染工却不肯，他怕烧炭工的煤灰把他漂白的东西弄脏。

liǎng gè rén
两个人

liǎng gè rén jié bàn ér xíng qí zhōng yí gè rén kàn dào yì bǎ fǔ zi lìng yí gè rén dà hǎn dào wǒ men fā xiàn le yì bǎ fǔ zi dàn shì fā

两个人结伴而行。其中一个人看到一把斧子，另一个人大喊道：“我们发现了一把斧子！”但是发

xiàn fǔ zi de nà gè rén shuō zhè shì tā zì jǐ fā xiàn de fǔ zi bú shì tā
现斧子的那个人说这是他自己发现的斧子，不是他
men fā xiàn de méi guò duō jiǔ diū le fǔ zi de rén zhuī le shàng lái fā
们发现的。没过多久，丢了斧子的人追了上来。发
xiàn fǔ zi de nà gè rén duì lìng yí gè rén shuō wǒ men wán dàn le lìng
现斧子的那个人对另一个人说：“我们完蛋了！”另
yí gè rén què shuō wán dàn de bú shì wǒ men ér shì nǐ zì jǐ
一个人却说：“完蛋的不是我们，而是你自己。”

nǚ zhǔ rén hé nǚ pú
女主人和女仆

yí wèi fù rén gù yòng le jǐ wèi nǚ pú měi tiān líng chén zhǐ yào gōng
一位妇人雇用了几位女仆。每天凌晨，只要公
jī dǎ míng tā jiù huì jiào nǚ pú men qǐ chuáng gàn huó pí bèi wàn fēn de nǚ
鸡打鸣，她就会叫女仆们起床干活。疲惫万分的女
pú men wèi le bú zài líng chén bèi jiào qǐ lái gàn huó jué dìng qiā sǐ zhè zhī gōng
仆们为了不在凌晨被叫起来干活，决定掐死这只公
jī kě shì gōng jī sǐ le zhī hòu nǚ zhǔ rén yīn wèi bù zhī dào jù tǐ
鸡。可是，公鸡死了之后，女主人因为不知道具体

de shí jiān měi tiān dōu huì gèng zǎo de bǎ nǚ pú men jiào xǐng
的时间，每天都会更早地把女仆们叫醒。

mǎ yǐ hé qiāng láng
蚂蚁和蜣螂

yán rè de xià tiān mǎ yǐ zài tián dì lǐ xīn qín láo dòng shōu jí xiǎo mài hé dà mài yǐ bèi guò dōng zhī xū qiāng láng kàn zhe pǎo lái pǎo qù de mǎ yǐ duì tā shēn biǎo tóng qíng dào le dōng tiān yóu yú quē shǎo shí wù qiāng láng qù xiàng mǎ yǐ qiú zhù mǎ yǐ duì tā shuō yào shi xià tiān de shí hou tā xiàng zì jǐ yí yàng qín fèn yě bú zhì yú luò dào xiàn zài zhè gè dì bù
炎热的夏天，蚂蚁在田地里辛勤劳动，收集小麦和大麦，以备过冬之需。蜣螂看着跑来跑去的蚂蚁，对它深表同情。到了冬天，由于缺少食物，蜣螂去向蚂蚁求助。蚂蚁对它说，要是夏天的时候它像自己一样勤奋，也不至于落到现在这个地步。

mão hé lǎo shǔ
猫和老鼠

yǒu yì jiān fáng zi lǐ yǒu hěn duō lǎo shǔ māo zhī dào hòu jiù qián qù zhuō lǎo
有一间房子里有很多老鼠，猫知道后就前去捉老
shǔ hěn duō lǎo shǔ dōu bèi māo chī le wèi le bù quán jūn fù mò shèng xià de
鼠。很多老鼠都被猫吃了，为了不全军覆没，剩下的
nà xiē lǎo shǔ wǎn shang jiù huì duǒ qǐ lái māo xiǎng yòng jiǎ sǐ de fāng shì bǎ lǎo shǔ
那些老鼠晚上就会躲起来。猫想用假死的方式把老鼠
men yǐn chū lái yú shì tā jiǎ zhuāng shàng diào dàn shì yì zhī lǎo shǔ kàn dào hòu
们引出来，于是它假装上吊。但是一只老鼠看到后
xīn xiǎng māo jiù suàn nǐ biàn chéng yí gè má dài wǒ yě bú huì kào jìn nǐ de
心想：猫，就算你变成一个麻袋，我也不会靠近你的。

guò lù rén hé xióng
过路人和熊

liǎng gè rén yì qǐ zài lù shàng sàn bù zhè shí tā men yù jiàn le yì tóu
两个人一起在路上散步，这时他们遇见了一头

熊。一个人立刻爬到树上躲了起来，另一个人没办法只好倒地装死。熊闻他的时候，他立刻屏住呼吸，一动不动。熊走了以后，树上的人问躺在地上的人，熊对着他的耳朵说了些什么。躺在地上的人说："熊对我说，以后别跟这样的人一起散步了，遇到危险时他只顾自己逃跑，连朋友都不管。"

狐狸和猴子

愚昧的动物们曾经开过一次大会，猴子因为其舞蹈表演出色而被推举为百兽之王。狐狸嫉妒不已。

一天，狐狸在捕兽夹里发现了一块肉，但它自己没拿，把肉当作礼物送给了猴子。猴子轻信狐狸，去捕兽夹里拿肉，结果被夹住。它对狐狸破口大骂。狐狸却说：“就你那点儿小聪明，也妄想成为百兽之王？”

男孩和渡鸦

有一位妇人将自己的儿子藏在一个箱子里，以躲避渡鸦，因为算命的人告诉她渡鸦会给她的儿子带来噩运。她每天都会准时给儿子送饭。有一天，她打开箱

子盖给儿子送饭。儿子从箱子里探出头，不巧箱子盖上那把名叫“渡鸦”的锁砸到了他的头，把他砸死了。

小猪和母羊

一只小猪混在一群羊羔中间。一天，小猪被牧羊人抓住，它不肯顺从，而是不停地嚎叫。羊听到小猪叫，就埋怨说：“我们天天被抓，也没像你这样乱喊乱叫。”“他抓我和抓你们，那是两个概念。他只要你们身上的毛，但是却要我身上的肉。”

páng xiè hé hú li
螃蟹和狐狸

páng xiè lí kāi le dà hǎi xiǎng yào dào àn shàng dìng jū yì zhī è huài
螃蟹离开了大海，想要到岸上定居。一只饿坏

le de hú li kàn dào páng xiè hòu lián máng bǎ tā zhuā qǐ lái zhǔn bèi chī diào tā
了的狐狸看到螃蟹后连忙把它抓起来，准备吃掉它。

páng xiè āi tàn dào wǒ bù gāi lí kāi shú xi de dà hǎi dào àn shàng lái shēng
螃蟹哀叹道：“我不该离开熟悉的大海，到岸上来生

huó zhè shì wǒ jiù yóu zì qǔ ya
活。这是我咎由自取呀。”

yù nàn de rén hé dà hǎi
遇难的人和大海

yì míng nán zǐ chéng chuán yuǎn xíng jié guǒ chuán fān le tā xīn kǔ yóu dào
一名男子乘船远行，结果船翻了。他辛苦游到

岸边后，对着大海破口大骂。大海化作女子的模样对他说：“你不该骂我，我生来就是这副样子。是大风刮到我的身上，才让我如此狂暴的。”

狼和小绵羊

小绵羊在河边喝水，狼指责它把水搅浑了，害自己喝不到干净的水。小绵羊反驳说自己在下游，而狼在上游，它根本不可能搅浑狼要喝的水。狼又说，小绵羊去年曾侮辱过它的父亲。小绵羊争辩说，那时它还没有出生呢。狼找不到理由了，只好说无

lùn rú hé dōu huì bǎ xiǎo mián yáng chī diào
论如何都会把小绵羊吃掉。

shī zi lǘ zi hé hú li
狮子、驴子和狐狸

shī zi lǘ zi hé hú li yì qǐ bǔ liè tā men bǔ dào le hěn duō
狮子、驴子和狐狸一起捕猎，它们捕到了很多
liè wù shī zi ràng lǘ zi lái fēn pèi lǘ zi jiāng liè wù píng jūn fēn chéng le
猎物，狮子让驴子来分配。驴子将猎物平均分成了
sān fèn shī zi duì cǐ hěn shì bù mǎn tā yì kǒu yǎo sǐ le lǘ zi rán
三份。狮子对此很是不满，它一口咬死了驴子，然
hòu yòu ràng hú li fēn pèi hú li jiāng dà bù fen liè wù fēn chéng yì duī shèng
后又让狐狸分配。狐狸将大部分猎物分成一堆，剩
xià de yì xiǎo bù fen fēn chéng yì duī ràng shī zi xiān tiāo xuǎn shī zi wèn hú
下的一小部分分成一堆，让狮子先挑选。狮子问狐
li shì shuí jiāo huì tā zhè yàng gōng zhèng de fēn pèi fāng shì de hú li shuō shì
狸，是谁教会它这样公正的分配方式的。狐狸说是
sǐ qù de lǘ zi
死去的驴子。

liè gǒu hé hú li
猎狗和狐狸

liè gǒu kàn jiàn shī zi hòu xiàng tā kuáng bēn ér qù kě shì shī zi zhuǎn guò
猎狗看见狮子后向它狂奔而去，可是狮子转过
shēn lái yì shēng páo xiào jiù bǎ liè gǒu xià pǎo le hú li duì liè gǒu shuō
身来，一声咆哮，就把猎狗吓跑了。狐狸对猎狗说：
nǐ gǎn qù zhuī shī zi què lián tā de shēng yīn dōu hài pà
“你敢去追狮子，却连它的声音都害怕。”

shī zi hé nóng fū
狮子和农夫

shī zi bù xiǎo xīn chuǎng jìn le nóng fū jiā de shēng chù péng nóng fū guān shàng
狮子不小心闯进了农夫家的牲畜棚。农夫关上
le mén dǎ suàn zhuā zhù shī zi shī zi chū bú qù jiù sì chù sī yǎo xiān
了门，打算抓住狮子。狮子出不去就四处撕咬，先
shì jiāng mián yáng sī chéng le suì piàn rán hòu yòu chōng dào le jiān niú gēn qián nóng
是将绵羊撕成了碎片，然后又冲到了犍牛跟前。农

夫担心接下来狮子会攻击他，只好打开大门把狮子放走了。他的妻子责备他说：“你离它那么远都会吓得发抖，为何把它关在牲畜棚里呢？”

砍柴人和赫耳墨斯

砍柴人因为不小心将斧头掉入水中而痛哭。赫耳墨斯看到后，从水中依次取出了金斧头和银斧头，问砍柴人是不是他掉的。砍柴人都说不是。后来赫耳墨斯从水中捞出了砍柴人掉的那把斧头，砍柴人说这才是他的斧头。赫耳墨斯将三把斧头都给了砍

chái rén zuò wéi duì tā chéng shí de jiǎng lì kǎn chái rén jiāng zhè jiàn shì jiǎng gěi
柴人，作为对他诚实的奖励。砍柴人将这件事讲给
péng you men tīng yǒu yí gè péng you fēi cháng xiàn mù zài kǎn chái shí gù yì jiāng
朋友们听。有一个朋友非常羡慕，在砍柴时故意将
fǔ tóu diào rù shuǐ zhōng hè ěr mò sī qǔ chū jīn fǔ tóu wèn tā zhè shì
斧头掉入水中。赫耳墨斯取出金斧头，问他：“这是
nǐ de fǔ tóu ma tā gāo xìng de shuō zhè jiù shì tā de fǔ tóu jié guǒ
你的斧头吗？”他高兴地说这就是他的斧头。结果
hè ěr mò sī bù jǐn méi bǎ jīn fǔ tóu gěi tā yě méi yǒu bǎ tā yuán běn de
赫耳墨斯不仅没把金斧头给他，也没有把他原本的
fǔ tóu gěi tā
斧头给他。

lǘ zi hé láng
驴子和狼

lǘ zi kàn jiàn láng xiàng zì jǐ zǒu lái biàn zhuāng chū yì qué yì guǎi de yàng
驴子看见狼向自己走来，便装出一瘸一拐的样
zi láng wèn lǘ zi zěn me le lǘ zi shuō tā pá zhà lan de shí hou tí
子。狼问驴子怎么了，驴子说它爬栅栏的时候，蹄

子被刺给扎了一下。驴子恳求狼在吃它之前，把它身上的刺拔下来，免得狼被扎伤。狼信了驴子的话，就去仔细查看它的蹄子。结果驴子猛地一蹄子踹在狼的脸上，把它的牙都踹飞了。狼叹了口气说：“我生下来就是做屠夫的，根本不是做医生的料子，何苦要自找苦吃。”

青蛙

沼泽地干了之后，两只原本住在那里的青蛙决定找一个新住处。它们来到一口井边，一只青蛙一

xià jiù tiào jìn le jǐng lǐ ér lìng yì zhī què zài xiǎng rú guǒ zhè kǒu jǐng de
下就跳进了井里；而另一只却在想：如果这口井的
shuǐ yě gān le nà wǒ men jiù zài yě méi yǒu bàn fǎ cóng jǐng zhōng tiào chū lái le
水也干了，那我们就再也没有办法从井中跳出来了。

gǒu hé láng
狗和狼

fù rén yǎng le yí dà qún yáng hé yì zhī kān yáng de gǒu fù rén hěn lìn
富人养了一大群羊和一只看羊的狗。富人很吝
sè shén me dōu bù gěi gǒu chī láng lái dào gǒu miàn qián duì gǒu shuō wǒ jiāng
啬，什么都不给狗吃。狼来到狗面前对狗说：“我将
qù yáng qún lǐ zhuā yì zhī yáng gāo rán hòu jiǎ zhuāng táo pǎo nǐ pīn mìng zhuī wǒ
去羊群里抓一只羊羔，然后假装逃跑，你拼命追我，
dàn shì pǎo shàng jǐ bù jiù zhuāng chū yòu lèi yòu è de yàng zi tān dǎo zài dì
但是跑上几步就装出又累又饿的样子，瘫倒在地。
dào shí hou jiā nú men yí dìng huì duì fù rén shuō rú guǒ gǒu yǒu dōng xi chī
到时候家奴们一定会对富人说，如果狗有东西吃，
nà me láng jiù zhuā bù zǒu yáng le gǒu jué de láng shuō de yǒu dào lǐ jiù zhào
那么狼就抓不走羊了。”狗觉得狼说得有道理，就照

它说的做了。果然，富人开始喂狗一些稀粥和面包。

过了几天，狼又来找狗，说这次它再抓一只羊羔，狗再装出没有力气的样子摔倒在地上。到时候家奴们一定会对富人说，如果狗吃饱了，它肯定能抓到狼。狗照着狼说的做了。富人下令让家奴们给狗吃肉。没几天狗就精力充足了。

之后，狼又来了，希望狗能奖励它一只羊。狗没同意，不过它告诉狼，富人的仓库有一面墙塌了，仓库里装满了粮食、腊肉和美酒。晚上，狼偷偷溜进了仓库，吃肉喝酒，饱餐了一顿。它想，农夫吃饱后一定会唱歌，它是不是也可以唱歌。于是它也开始放声高歌。它的叫喊引起群狗狂吠，让人们意识到狼在附近，于是人们赶来仓库，把狼打死了。

图书在版编目（CIP）数据

伊索寓言 / (古希腊) 伊索著；师鲁贝尔编译．—
成都：四川教育出版社，2024. 1
ISBN 978-7-5408-8819-0

Ⅰ. ①伊… Ⅱ. ①伊… ②师… Ⅲ. ①《伊索寓言》
Ⅳ. ①I545.74

中国国家版本馆CIP数据核字（2024）第008278号

YISUO YUYAN
伊索寓言
[古希腊] 伊索 著　　师鲁贝尔 编译

出 品 人　雷　华
责任编辑　刘　青
责任校对　肖冰玉
封面设计　春浅浅
责任印制　田东洋
出版发行　四川教育出版社
地　　址　四川省成都市锦江区三色路238号新华之星A座
邮政编码　610023
网　　址　www.chuanjiaoshe.com
印　　刷　唐山玺鸣印务有限公司
版　　次　2024年2月第1版
印　　次　2024年2月第1次印刷
开　　本　720mm×889mm　1/16
印　　张　10
书　　号　ISBN 978-7-5408-8819-0
定　　价　49.80元

如发现印装质量问题，影响阅读，请与本社联系。
总编室电话：（028）86365120　编辑部电话：（028）86365129